MADE IN HELL

Et autres histoires d'horreur

Charline Quarré

MADE IN HELL

Et autres histoires d'horreur

© 2022 Charline Quarré

Édition : BoD – Books on Demand,
12/14 rond-point des Champs-Élysées, 75008 Paris
Impression : BoD - Books on Demand, Norderstedt,
Allemagne

Illustration : xenomorph-4852997

ISBN : 978-2-3224-1115-3
Dépôt légal : Janvier 2022

SOMMAIRE

Made In Hell	8
Les Itinérants	105
Sacrifices	152
Notes	229
Remerciements	231
Du Même Auteur	232

MADE IN HELL

14H00

L'horloge retentit dans la cuisine. Sarah suspendit un instant son ouvrage. Puis le pendule recommença à égrener les secondes. De concert avec lui, trois grosses mouches noires bourdonnaient au-dessus de la jeune fille. Le papier tue-mouches se balançait imperceptiblement au plafond. On en avait disposé dans toutes les pièces de la ferme. Sarah se concentra à nouveau et acheva de recoudre un bouton sur la chemise de son frère. Lorsqu'elle eut coupé le fil avec ses dents, une mouche s'écrasa sur le piège collant.

14H03

Stéphanie rentra son tee-shirt à l'effigie du groupe Indochine dans son short en dévalant les escaliers. Elle traversa la cour, fit voler la terre battue sous ses sandales et poussa la porte de l'arrière-boutique.
« Oh ! Stéphanie ! Doucement avec la porte hein ! fit la voix rauque de sa mère.
- Cause toujours », marmonna l'adolescente en passant à travers la rangée de tables en bois.
Des hanches, elle poussait les chaises vides qui lui gênaient le passage, faisant grincer

les barreaux sur le carrelage inégal de l'établissement. Son père porta les mains à ses oreilles avec une grimace d'inconfort et la regarda avancer de sa démarche des mauvais jours. *C'est tous les jours, ses mauvais jours maintenant,* répétait sa femme dans sa tête. *Dis-lui quelque chose*, insista-t-elle du regard. Il n'osait pas, cependant. Il n'osait pas tellement contrarier sa fille par des reproches, car il savait qu'il la rendrait plus désagréable encore, qu'elle finirait par se calmer toute seule. *Il faut que jeunesse se passe*, pensa-t-il en s'épongeant le front.

Stéphanie atteignit le présentoir à journaux sans jeter un œil à ses parents. Le seul client encore présent à cette heure-là l'observa en chœur avec eux. Elle saisit un exemplaire d'*OK!* qu'elle roula sur lui-même avant de se glisser derrière le bar à côté de son père. Elle ouvrit la caisse enregistreuse, plongea une main dedans et en sortit un billet de cent francs qu'elle fourra dans sa poche.

« Tu prends dans la caisse maintenant ?! » s'indigna sa mère.

Pour toute réponse, Stéphanie rehaussa ses lunettes sur son nez et se dirigea vers la porte en verre.

« Tu pars sans nous embrasser ? » ajouta son père.

Stéphanie haussa les épaules, parut hésiter un instant et vint embrasser ses parents du bout des lèvres en se tenant sur la pointe des pieds. Cela fait, elle sortit.

« C'est quand même une bonne petite, fit remarquer le client.
- Oui, soupira la mère. De temps en temps. »

Stéphanie enfourcha son vélo et descendit la grand-rue du village en roue libre. La plupart des commerces semblaient faire la sieste, comme si ces jours de juillet les avaient endormis un par un. Elle longea le canal ombragé, puis serra les dents quand la route commença à monter sur les hauteurs de Vitteaux, où se trouvaient les quelques maisons de maître du patelin. Elle pédala en maugréant contre ses parents, leur minable bar-tabac et leur fade existence. C'était une maison comme celles-ci qu'elle aurait voulue. Et des parents riches.

14H06

« C'est bon, ton rétroviseur est tout neuf. Fais attention maintenant.
- Merci mon petit papa ! »
Linda allait bondir au cou de son père pour l'embrasser mais se ravisa in extremis à la vue de la combinaison pleine de taches d'huile du garagiste. Elle rit et enfonça son casque sur sa déferlante de cheveux gaufrés et peroxydés. Son père jeta un œil par-dessus son épaule et surprit ses deux apprentis en train de reluquer sa fille avec les yeux exorbités, le plus grand en avait presque de l'écume au coin des lèvres. Ils sursautèrent en même temps et replongèrent

aussitôt sous la vieille Fiat qu'ils faisaient semblant de réparer depuis que Linda était venue récupérer sa mobylette. Chaque fois qu'elle venait ici, c'était le même cirque, mais il ne pouvait pas ne pas s'occuper de l'entretien du bolide de Linda, car celle-ci avait l'habitude de rouler tant qu'elle avait de l'essence dans son réservoir. Et même s'il l'aurait voulu, il ne pouvait pas non plus cacher les yeux de ses employés pour les empêcher de loucher sur sa fille.

Lorsqu'elle monta sur le deux-roues, le garagiste entendit l'un d'eux se cogner la tête sur de la tôle. *Bien fait, ça t'apprendra*, pensa-t-il.

« Sois prudente ! » cria-t-il sous le vrombissement de la mobylette.

Linda agita joyeusement sa main et disparut dans les ruelles de Vitteaux.

14H09

En équilibre sur sa chaise de bureau face à l'étagère murale, Nadège plongeait la main dans chaque coupe d'équitation qu'elle avait remportée. Elle avait fouillé chaque recoin de sa vaste chambre rose poudré en vain et commença à transpirer, le cœur battant. Peut-être avait-elle égaré son paquet de cigarettes ailleurs dans la maison, finalement. Elle n'osait imaginer l'ambiance des vacances si ses parents venaient à tomber dessus. Elle aurait non seulement droit à une punition pour le fait de détenir ce paquet, mais aussi pour celui de s'être vantée haut et fort auprès d'eux d'être l'une des rares filles du lycée à ne pas fumer. Affirmation qui n'avait plus cours depuis les environs de novembre passé.

Elle passa devant le miroir de sa commode, essuya la sueur qui faisait reluire les taches de rousseur sur ses joues et arrangea son carré de cheveux châtains raide comme la justice.

D'un bond, sa silhouette frêle s'élança de l'autre côté de la chambre. Elle ouvrit un tiroir et fouilla fiévreusement parmi ses paires de chaussettes. Elle en exhuma triomphalement un paquet de Marlboro à peine entamé et s'effondra sur son lit. Elle avait eu chaud.

« Nadège ? », fit une voix haut perchée derrière la porte.

Elle manqua de s'étouffer et s'empressa de fourrer ses Marlboro sous un gros coussin jaune.

« Oui maman ?
- Ton amie Stéphanie est en bas. Va lui ouvrir le portail.
- Bien sûr maman. »

Nadège se leva et descendit le cœur léger.

14H11

Linda avait décidé de rouler quelques kilomètres à la sortie de Vitteaux. Elle tourna sur un étroit chemin goudronné et ralentit sur le parking d'une vaste bâtisse. Les fondations dataient de quelques siècles, mais avaient manifestement subi une rénovation scrupuleuse. Cet établissement était la raison pour laquelle

Linda et sa famille avaient quitté leur région un an plus tôt pour s'installer à Vitteaux. La structure pour laquelle Linda avait dû abandonner son ancienne vie et ses camarades d'école.

Elle abandonna son scooter devant l'accueil, contourna le bâtiment et longea le parc grillagé. Elle approcha, écartant légèrement les bras sur le terrain inégal pour ne pas perdre l'équilibre sur ses semelles compensées. L'herbe haute caressait ses chevilles. De premiers cris perçants lui parvinrent aux oreilles. Puis quelques vocalises plus rauques. Elle monta la pente jusqu'au bac à sable et regarda en contrebas.

Une vingtaine d'enfants et d'adolescents jouaient, surveillés par une poignée d'adultes attentifs. Certains poussaient des glapissements étranges, d'autres demeuraient figés dans un silence immobile. Une fille très maigre de l'âge de Linda semblait inventer une chorégraphie convulsive sous les yeux hypnotisés d'une fillette qui ne cessait de se lever et se rasseoir sur un banc en pierre. Un adulte tentait gentiment mais fermement d'empêcher un jeune garçon d'arracher des touffes d'herbe. L'enfant avait de la terre sèche plein la bouche. Un autre courait, décrivant des cercles en tenant un ballon jaune dans les bras, poursuivi par trois autres lui criant des mots inaudibles. Une petite fille tirait frénétiquement sur le gros pull d'hiver qu'elle portait malgré la chaleur.

Soudain, un garçon de sept ans s'échappa des bras d'une éducatrice pour foncer droit vers Linda sur ses petites jambes. Il courut, les bras grands ouverts, et les referma violemment sur les jambes de sa sœur. Linda le décolla du sol avec agilité. Avec les années, il devenait de plus en plus lourd, et elle n'aurait bientôt plus la force de le porter. Mais tant qu'elle le pourrait encore, elle le ferait. Elle le hissa contre elle. Kevin tira sur une de ses boucles d'oreilles, lui arrachant un petit cri de douleur, puis s'agrippa à son cou et ne bougea plus.

14H15

« Merci Steph pour le magazine au fait, dit Nadège en feuilletant *OK!*.
- De rien, répondit son amie en passant ses doigts sur la poussière qui s'accumulait sur une collection d'échantillons de parfums en pensant que Nadège était pourrie gâtée, que si elle-même avait des choses comme ça chez elle, elle ne les laisserait pas prendre la poussière.
- Ça ne dérange pas tes parents quand tu en prends ?
- Je m'en fous, je les emmerde. »

Nadège pouffa et se vautra sur les coussins de son lit. Stéphanie fit de même. Nadège avait cessé de rire et se mit à rêvasser.

« C'est quoi cette tête ? À quoi tu penses ?
- Tu crois qu'Adrien sera là ce soir ?
- Sûr, tout le monde va y être.

- C'est vrai. Il ne se passe tellement rien dans ce trou. Ce serait dommage de ne pas profiter d'une occasion de s'amuser... Et Steve ? Il y sera aussi non ?
- Je ne sais pas, grogna Stéphanie.
- Oh si... Bien sûr que tu sais, la taquina son amie.
- Tais-toi ! » soupira-t-elle en lui lançant une peluche sur la tête.

Nadège éclata de rire, dévoilant tout le chantier d'orthodontie qu'elle avait dans la bouche, et la porte de la chambre s'ouvrit. Clothilde passa la tête dans l'entrebâillement.

« Ça piaille là-dedans on ne s'entend plus, plaisanta-t-elle. Tout se passe bien les filles ?
- Tu pourrais frapper, lui reprocha Nadège.
- Depuis quand on frappe aux portes dans cette maison ?
- Depuis ton départ. J'ai instauré ça.
- Mais bien sûr ! »

Stephanie observa les deux soeurs se chamailler. Elle était ravie de l'apparition de Clothilde. Sans l'avoir jamais même confié à Nadège, Clothilde était son modèle, la personne qu'elle admirait le plus en dehors des ses héroïnes de séries télévisées. Clothilde avait quitté Vitteaux pour s'installer à Paris étudier le droit pour devenir notaire comme son père. Et elle y avait trouvé un fiancé et se marierait l'été prochain.

Stéphanie s'arrangeait toujours pour venir chez Nadège quand elle savait que Clothilde revenait pour les vacances. Elle se passionnait de ses récits sur sa vie parisienne. Elle buvait ses paroles lorsqu'il s'agissait de soirées, de mode, de luxe. Clothilde était fine, riche et élégante. Stéphanie rêvait de devenir comme elle, de monter à Paris pour faire les mêmes choses exceptées les études.

14H18

Sarah replia les vêtements reprisés de son frère et de son père et les empila au milieu de la table. Puis elle se leva pour rembobiner la cassette de Patrick Bruel dans la stéréo. On captait mal la radio dans le hameau, il fallait torturer l'antenne pour obtenir un son clair et seul son frère Marcus savait s'y prendre. Le cas échéant, et en l'absence de télévision dans la maison, Sarah possédait deux cassettes et écoutait invariablement Patrick Bruel ou Les Beatles.

Pour se distraire lorsqu'elle n'aidait pas à la ferme, elle s'était confectionné une bibliothèque de livres de poche d'occasion jaunis et cornés. Et Stéphanie lui donnait régulièrement des magazines invendus du bar-tabac de ses parents. Elle y découpait des photos, d'animaux la plupart du temps, qu'elle collait à même le papier peint passé de sa chambre.

Elle se raidit d'un coup. Elle avait entendu un bruit inhabituel. Cela aurait pu venir du scooter de Linda qui devait venir la chercher. Mais ce n'était pas possible. Linda arrivait rarement en avance, et son engin ne faisait pas un bruit aussi puissant.

Sarah se pencha à la fenêtre de la cuisine et vit une forme noire à l'entrée de la propriété. Une silhouette masculine chevauchant un deux-roues parcourait le chemin de terre jusqu'à la vieille bâtisse en pierre. Sarah jaillit de la maison au moment où le motard déjà stationné sur le seuil ôtait son casque. Incrédule, Sarah dévisagea l'intrus quelques secondes durant.

« Adrien !?
- Salut Sarah. J'étais à peu près certain que tu habitais là mais j'ai quand même bien failli me perdre ! »

Il recoiffa d'une main ses cheveux ébouriffés et mit les deux pieds à terre. Sarah fronça les sourcils et se demanda ce qu'il venait faire ici.

Adrien et Sarah ne s'étaient jamais vraiment parlé. Le jeune homme passait en terminale, Sarah en première, et ils se croisaient de temps en temps au Lycée de Vitteaux. Le jeune homme était le chef du *gang des motards*, nom pompeux que les élèves de ce petit lycée de campagne avaient choisi pour désigner une bande de quatre copains se déplaçant exclusivement à mobylette. La bande se composait d'une paire de faux jumeaux dont l'un était petit et blond, l'autre grand et roux, de Steve, un sympathique garçon un peu gauche dont le visage témoignait d'une traversée impitoyable de l'âge ingrat, et d'Adrien qui, en plus d'en être le chef, était également le garçon le plus fantasmé du lycée. Son profil de statue antique et son sourire étincelant en aurait fait une parfaite égérie pour les publicités de parfum que Linda collectionnait dans un grand classeur.

« Tu m'offres un verre d'eau s'il te plaît ? »

Sarah resta plantée devant lui un instant. Le visage d'Adrien transpirait abondamment à cause du casque et de la chaleur.

« Oui, bien sûr, ne bouge pas je reviens. »

Elle alla à la cuisine et remplit un verre sous le robinet. Quand elle revint vers Adrien et le lui tendit, il souriait de toutes ses dents.

« Merci Sarah. Quelle chaleur !
- Qu'est-ce que tu es venu faire par ici ?
- Te parler.
- Ah ? De quoi ?
- De quelque chose. On peut s'asseoir deux minutes ?
- Je ne préfère pas, fit-elle, perplexe. J'ai des choses à finir.
- Je vois. Désolé d'être venu sans prévenir. »

Il soupira, semblait légèrement déstabilisé. Machinalement, il balançait son casque pendu au bout de son bras. Sarah croisa les bras et attendit. Adrien prit une grande inspiration.

« Est-ce que tu voudrais sortir avec moi ?
- Pardon ?
- Je te demande si tu veux bien qu'on sorte ensemble. Genre, tous les deux, tu vois ? »

Sarah resta un long moment sans expression. Elle n'avait jamais songé ni à ce garçon, ni à cette question. Elle n'y était pas préparée. Adrien scrutait son visage à la recherche de la moindre émotion. Son sourire était figé, anxieux.

« Non merci, lâcha-t-elle simplement. »

Adrien déglutit et eut un bref rire nerveux.

« Pourquoi non ?
- Je ne sais pas. Ça ne m'intéresse pas, c'est tout.
- Qu'est-ce qui ne t'intéresse pas exactement ?
- Rien, je ne sais pas. Je n'en sais rien. C'est… c'est bizarre comme demande.
- Tu sais, tu es une grande fille, tu vas rentrer en première non ? Tu as l'âge d'avoir un copain il me semble ? »

Sarah haussa les épaules.

« Pour quoi faire ? Pourquoi maintenant ? J'ai des amies, ça me suffit pour l'instant. »

Adrien ricana.

« Oui je vois. Je sais qui tu fréquentes. D'ailleurs tu devrais te méfier de certaines. Je crois qu'en réalité, elles ne t'aiment pas tant que ça.
- Je ne vois pas pourquoi tu dis ça, tu ne les connais pas.
- Très bien… »

Il fouilla dans une poche de sa veste pour avoir l'air de faire quelque chose mais sa poche était vide. Il remonta sur sa mobylette.

« D'accord Sarah. Je ne t'embête pas plus longtemps.
- Ce n'est pas grave… C'est… euh… c'est gentil d'être venu me demander ça.

- Oui, c'est gentil... Bon... Tu vas à la fête de Cormorin ce soir ?
- Oui.
- Moi aussi. On se croisera.
- D'accord. »

Il fit vrombir le moteur, puis cria par-dessus.

« Tu veux bien m'accorder une chose ?
- T'accorder quoi ?
- De réfléchir. Tu viens de me répondre non. Mais si je te laisse du temps, tu vas peut-être changer d'avis. »

Il s'éloigna sans attendre de réponse.

14H26

Linda traversa le hameau et ralentit le long des granges avant de s'engager dans l'allée qui menait chez Sarah. Elle vit en sortir un scooter sur lequel elle reconnut Adrien. Elle en fut à peine surprise. Sans rien lui dire, elle lui adressa un clin d'œil lorsqu'elle le croisa. Il lui avait semblé assez blême, peu sûr de lui. Et il avait rougi quand elle l'avait reconnu.

Elle gara son scooter à l'ombre du saule pleureur et avança vers la maison. Le tracteur de la ferme arrivait face à elle. Il cessa son bourdonnement et un grand jeune homme patibulaire en descendit.

« Salut Marcus !

- Bonjour. Bonjour Linda. Tu... tu... tu viens chercher Sarah j'imagine.
- Tu sais tout », fit-elle joyeusement.

Le frère de Sarah était un géant aux cheveux coupés au bol et au regard vide qui aurait aisément pu passer pour l'idiot du village. Mais la première impression qu'il faisait aux gens les laissait loin du compte. À vingt-et-un ans, ce garçon courageux avait fait une croix sur des études prometteuses afin de s'occuper de l'exploitation et la faire prospérer tant qu'il le pouvait. D'un imbécile, il n'en avait que l'air, et particulièrement devant Linda face à laquelle il ne parvenait qu'à bafouiller.

Sarah apparut à une fenêtre, fit un grand geste à Linda et disparut.
« Voilà. Elle... elle t'a vue, dit Marcus. Bonne, euh, journée.
- À toi aussi ! »

Marcus resta un instant campé devant elle, puis se ressaisit et repartit en direction de la grange comme s'il venait de se souvenir qu'une urgence l'y attendait.

Sarah descendit, poussa la porte de l'arrière-cour et alla embrasser son père.
« J'y vais, Linda m'attend. À tout à l'heure papa.
- Tu y vas en moto ?
- Oui mais juste pour le trajet pour Vitteaux. Après je te promets de faire le reste en voiture, c'est prévu.

- Je n'aime pas ça, tu sais. Marcus peut t'emmener en tracteur à la ville.
- Je t'assure que Linda est très prudente, il ne m'arrivera rien.
- D'accord alors. »

Il avait haussé ses épaules maigres. Il semblait tassé plutôt qu'assis sur la marche où il fumait sa pipe. À cinquante-deux ans, il en paraissait déjà vingt de plus. Il leva vers sa fille ses yeux délavés.

« Tu vas faire les magasins ?
- Oui. Enfin, j'accompagne mes amies. Je n'ai besoin de rien en ville.
- Alors tiens, prends ça. Achète-toi quelque chose qui te plaît. »

Il fouilla dans la poche de son bleu de travail et en sortit un billet de cinquante francs froissé.

« Papa tu es mignon mais ce n'est pas la peine. J'ai un peu d'argent.
- Garde-le, insista-t-il. Ça me fait plaisir. »

Il lui tendit l'argent que Sarah accepta de glisser dans sa sacoche en bandoulière. *Arrête de grandir*, lui disait-il souvent lorsqu'elle se plaignait que ses robes rétrécissaient et qu'elle devait en rallonger les ourlets. *Arrête de grandir, le plafond est bas et on ne peut pas déménager.*

14H39

La mère de Nadège déposa le plateau chargé de verres de jus de fruits pressés sur la table en fer du jardin.

« Merci Madame, firent Linda et Sarah en chœur.
- Merci », lâcha Stéphanie d'une voix inaudible.

Nadège n'avait rien dit. Elle attendait que sa mère s'éloigne pour reprendre sa conversation avec ses amies, qu'elle *dégage*, plus exactement. À quelques pas, au pied d'une façade couverte de lierre, une vieille femme était installée à l'ombre sur une chaise en fer qu'on avait garnie de coussins, et fixait le parc sans ciller. Clothilde lui apporta un verre d'eau et fit boire son arrière-grand-mère avec d'infinies précautions. Stéphanie la vit lui essuyer la commissure des lèvres et sentit un frisson de dégoût la traverser. Clothilde s'éloigna et laissa son aïeule à sa contemplation éteinte.

La voix perçante et autoritaire de la mère de Nadège couvrit les tintements des verres et les bruits de graviers :

« Bon, les filles, résumons le déroulement de la journée. Clothilde va vous conduire à Cormorin pour l'après-midi et reviendra vous chercher là-bas. Toi Linda, tu es en scooter non ?
- Oui Madame. Je suivrai la voiture.
- Très bien. Passons à ce soir. À ce que j'ai compris, Sarah, ton frère peut toutes vous conduire à la fête de Cormorin ? »

Sarah acquiesça. Linda surprit Nadège et Stéphanie se regarder et étouffer un rire. Elle garda sa colère pour elle. Elle était secrètement ravie de ne pas avoir à monter avec ces deux-là en voiture.

« Oui, Marcus m'a dit qu'il pouvait nous emmener et qu'il reviendrait nous chercher à l'heure qu'on veut. Il n'y a aucun problème.
- Parfait. Les filles, qu'est-ce qu'il y a de drôle ? »

Nadège et Stéphanie n'avaient pu contenir leur fou rire et tentaient de se calmer sous le regard noir de Linda.

« Rien maman, articula finalement Nadège.
- Donc vous avez tout bien compris. Autre chose, ce soir, vous êtes libres d'aller et venir à la fête de Cormorin sans surveillance. Je vous fais confiance pour bien vous tenir, et vous montrer raisonnables. Pas d'alcool, pas de cigarettes, pas de scooter - sauf pour toi Linda - et pas question de vous rendre au Dancing de Cormorin ou ailleurs. Je vous rappelle que vous êtes mineures. Est-ce que tout est bien clair ?
- Oui maman », fit Nadège, calmée.

Ses amies hochèrent la tête. Sa mère jaugea un instant le groupe d'adolescentes, comme pour estimer leur fiabilité. Ce faisant, elle se désespéra quelques secondes durant de la condition sociale des amies de sa fille. À la fin du collège en internat, elle s'y était pris trop tard pour lui trouver une place dans un lycée réputé de la région et avait dû se résoudre à la scolariser au Lycée de Vitteaux, où ses fréquentations, sans être mauvaises, étaient devenues terriblement populaires. Linda, la grande perche aux airs de cagole de la campagne, trop vulgaire. Stéphanie, ses cheveux indomptables, son air revêche et ses parents tenanciers d'un bar-tabac, aucun prestige. Quant à Sarah, elle était tout à fait ravissante et avait de jolies manières mais elle n'était qu'une fille de fermier. Pauvre, donc. Elle soupira pour elle-même, pensa à Clothilde et s'accrocha à l'idée que si les amies de Nadège étaient des ploucs, rien ne l'empêcherait pour autant, lorsqu'elle aurait quitté le nid, d'accéder au même avenir brillant que sa grande sœur.

14H50

« À tout à l'heure les filles ! Soyez sages ! » cria la mère de Nadège depuis le perron. Tandis que Linda partait seule vers le portail récupérer son scooter, ses trois amies suivirent Clothilde jusqu'au garage. Perdue dans ses songes, comme souvent, Sarah marchait derrière. En tournant à l'angle de la propriété, elle passa devant l'arrière-grand-mère de Nadège restée assise au même endroit, dans la même position, avec le même regard absent. L'adolescente avait pitié, se demandait si la vieille dame était aussi diminuée mentalement que physiquement. Sarah n'avait pas l'expérience du troisième âge. Elle n'avait pas connu ses grands-parents et n'aurait jamais l'occasion de voir vieillir sa mère, décédée d'une tumeur lorsque Sarah avait trois ans. Quant à son père, dévasté par son veuvage et harassé par des décennies de labeur, il présentait déjà des signes de fatigue trop intenses pour que l'on puisse lui prêter longue vie.

En passant, elle lança un *au revoir madame* comme une bouteille à la mer, deux mots qu'elle n'entendrait peut-être pas, ou dont il était possible qu'elle ne connaisse plus le sens. Elle tourna ensuite à l'angle de la maison et sursauta.

La vieille femme était assise contre le mur, sur la même chaise, dans la même posture. Comme si elle avait été déplacée de l'autre côté de la maison en une fraction de seconde.

Qu'est-ce que... ? Ce n'est pas possible !

La vieille femme ne bougeait pas, n'affichait aucune nouvelle expression. Et les filles avaient déjà disparu derrière la maison. J'ai rêvé ou quoi ? Sarah recula d'un pas, là où elle venait de tourner et regarda l'endroit où se trouvait la vieille femme quelques secondes plus tôt. Il n'y avait personne. J'ai eu une absence, pensa la jeune fille, je pensais à autre chose, c'est tout. Ses rêveries, d'ordinaire, pouvaient la faire trébucher ou se cogner tout au plus, mais d'aussi loin qu'elle s'en souvienne, n'avaient jamais encore produit une telle ineptie optique. Ce n'est pas grave, réveille-toi un peu, la voiture va partir sans toi ! Elle passa en trombe devant la vieille dame.

Quelque chose lui attrapa le poignet. Sarah se retourna, surprise. La main osseuse et glaciale de l'arrière-grand-mère l'agrippait, la serrant si fort que Sarah eut un instant l'impression que les os de son poignet allaient céder. Un piège à loup. Une emprise comme un piège en fer. Elle écarquilla les yeux, tenta malgré sa stupeur de se dégager sans brusquerie. Mais la femme la tenait fermement. Tout le reste de son corps était raide, figé, et ses yeux blancs semblaient regarder au-delà de Sarah, à travers elle. Il y eut une expiration rauque, une sorte de sifflement. Et, d'une voix rocailleuse, sans que les lèvres desséchées ne bougent, Sarah entendit, comme dans un rêve, Fais attention jeune fille. Le diable est arrivé en ville.

Apeurée, Sarah voulut crier et se dégager. Sans qu'elle n'eût encore fait le moindre mouvement, elle sentit son poignet libéré de son étreinte, comme si personne ne l'avait agrippé, comme si elle avait tout imaginé.

« Sarah ! Tu viens !? » entendit-elle crier plus loin derrière la maison.

Elle considéra la vieille dame immobile, dont le faible souffle qui soulevait sa poitrine était le seul signe de vie, et partit retrouver les autres à grandes enjambées sur le gravier.

14H53

Dans le cabriolet rouge, d'un geste un peu tremblant, Sarah s'empressa de boucler sa ceinture. Tandis que Clothilde démarrait et parcourait l'allée, Sarah se pencha vers Nadège assise sur la banquette à côté d'elle.

« Dis-moi un truc...
- Qu'est-ce qu'il y a ? Ma pauvre, t'as vu ta tête !? Ahah ! On dirait que tu viens de sortir d'un cauchemar ! »

Sarah déglutit. Sur le siège passager, Stéphanie manipulait l'autoradio sous les indications de Clothilde. Les stations semblaient toutes encore brouillées. Tout est normal.

« Rien, ça va, reprit-elle.
- T'es sûre ?
- Oui, oui... En fait, ton arrière-grand-mère vient de me dire un truc bizarre.
- N'importe quoi toi ! fit Nadège, hilare. Ça fait au moins cinq ans qu'elle ne parle plus. »

Sarah sentit son cœur marteler sa cage thoracique et eut une très brève envie d'uriner.

« Et avant ça elle perdait déjà la tête, ajouta Nadège d'un ton léger. Elle ne sert plus à rien. C'est la grand-mère de mon père, c'est lui qui tient absolument à ce qu'on la prenne à la maison toutes les vacances d'été. Ma mère est déjà bien gentille de s'en occuper mais en vrai ça la gonfle grave, ça la met de super mauvaise humeur et c'est moi qui trinque à la fin. C'est super lourd quoi. »

La voiture franchit le portail dans la bonne humeur avec la Lambada que Clothilde monta à fond sous les encouragement de Stéphanie. À l'arrêt sur le bord de la route, Linda s'apprêtait, le sourire espiègle, à faire la course avec la voiture sur les huit kilomètres de route jusqu'à Cormorin.

15H16

Les filles remontaient la rue principale armées de cornets de glace. La perspective de cet après-midi au bourg avec ses amies avait fait oublié à Sarah la frayeur qu'elle avait eue plus tôt.

Pour les jeunes des villages alentour, Cormorin avait des airs de capitale. Cette commune de cinq mille habitants à l'architecture médiévale était la seule à une centaine de kilomètres à la ronde à être dotée d'un cinéma, d'un disquaire et disposant de suffisamment de boutiques de prêt-à-porter pour donner l'illusion d'avoir le choix.

Linda s'arrêta devant le salon de coiffure qui venait de réouvrir suite à de longs travaux de rénovation. Elle s'approcha avec grand intérêt de la vitrine et observa à l'intérieur. Les équipements modernes étaient flambant neufs, la nouvelle décoration avait des airs de loge de star de cinéma. Son regard fit des allers-retours sur la poignée de coiffeurs s'affairant sur les permanentes rouges de leurs clientes, les coupes au bol, les crânes tondus qui laissaient filer des mèches le long de la nuque, très courues depuis quelques années. Face à ces coiffures abjectes, Linda cessa toute rêverie. Lorsqu'elle aurait monté son propre salon dans une grande ville, jamais plus elle n'aurait à voir ce genre de désastre capillaire. Elle coifferait des gens distingués, ou peut-être pas, mais qui qu'ils soient, elle les sublimerait. Et un jour, elle s'en faisait le serment, des stars viendraient d'elles-mêmes lui confier le sort de leurs cheveux.

Elle quitta sa contemplation sans regret et rejoignit ses amies qui, ne l'ayant pas attendue, arrivaient sur la grand-place. Elle pressa le pas en les entendant rire.

15H19

Elles passèrent devant le cinéma à l'angle de la place. On y jouait *SOS Fantômes 2*, *La Guerre des Rose* en version française et *Trop belle pour toi*. Quels que fussent les films à l'affiche dans cette petite ville, il étaient toujours sortis au plus tôt le mois précédent. Certains films continuaient à se jouer des mois durant, sans plus aucun spectateur.

« Quand je vivrai à Paris, j'irai enfin voir les films le jour de leur sortie, annonça Nadège. Et au moins là-bas il y aura du choix.
- Et à part le cinéma ? demanda Linda.
- Comment ça ?
- Tu iras faire quoi, à Paris ? »
Nadège haussa les épaules.
« Du droit.
- Moi aussi j'irai à Paris, intervint Stéphanie.
- Faire du droit aussi ?
- Non. Je sais pas. Chanteuse, peut-être.
- Arrête ! Tu chantes super faux.
- Ou actrice alors.

- Pas mal, siffla Linda. Alors ce sera moi qui te coifferai pour le festival de Cannes.
- Ouais. »

Nadège avisa Sarah qui marchait en silence.

« Et toi Sarah ? Tu viendras à Paris ?
- Je ne crois pas, non. Je pense rester ici.
- Tu veux rester travailler à la ferme ?
- Non, ça non. Je veux être vétérinaire.
- Ah c'est dégueu ! fit Nadège.
- Moi je trouve que c'est un très beau métier, défendit Linda. »

Nadège et Stephanie feignaient un dégoût exagéré sous le regard conciliant de Sarah. Elle avait déjà commencé à se renseigner sur la longue formation qui l'attendait et ça ne lui faisait pas peur. Alors bien peu lui importait ce que ses amies en pensaient.

« Tu garderas les fourrures des animaux morts pour que je me fasse des manteaux ?
- Oh Steph ! Là c'est toi qui est *dégueu* !
- Je te file bien des magazines invendus, protesta-t-elle.
- C'est pas pareil, enfin !
- Bien sûr que c'est pareil ! »

Alors qu'elle se demandait si Stéphanie plaisantait ou non tout en espérant que c'était le cas, Sarah sentit une main se poser sur son épaule.

« Alors les filles, on se balade ? »

C'était l'un des jumeaux du gang des motards, le roux. Il sortait du Sporting une cigarette pendue à ses lèvres. Nadège et

Stéphanie accoururent pour regarder à l'intérieur de l'établissement. Si l'un des jumeaux était là, le reste de la bande aussi, et Adrien, par conséquent. Il était bien là, à moitié dans l'ombre, à jouer au flipper sur lequel s'accoudait le jumeau blond.

Steve surgit de l'autre côté du bar et s'avança vers Stéphanie, l'air ravi. Celle-ci recula d'un pas.

« Ça va biquette ?
- Ouais ouais » fit-elle en le repoussant sans ménagement.

Stéphanie fréquentait mollement Steve depuis le début de l'été mais préférait que ça ne se sache pas. En vérité, elle sortait avec lui pour pouvoir approcher Adrien, et sortir avec lui par la suite, si la chose s'avérait possible, car elle savait qu'elle n'était pas très jolie. À défaut d'être belle elle se devait d'être maligne. Mais si elle avait pu se passer de Steve, elle en aurait été ravie, car elle ne l'assumait pas. Il avait de l'acné et de grands bras maladroits, il était maigre et débraillé, ne se tenait jamais vraiment droit. De plus, il allait quitter Vitteaux dès la rentrée pour aller au lycée agricole du département. Et Stéphanie, qui ne voulait déjà pas de lui, voulait encore moins d'un futur paysan.

Un peu désarçonné, le garçon regarda ses pied, chercha quelque chose à dire. Il ne s'aperçut pas que Stéphanie observait Adrien qui quittait le flipper et s'approchait, s'approchait, pour s'arrêter devant Sarah.

« Tu as eu un problème pour être de mauvaise humeur ? Tu sais, si tu ne veux pas que tes amies nous voient ensemble, ce n'est pas grave, je veux bien f... »

Stéphanie n'écoutait rien. Elle déglutit en fixant d'un regard noir Adrien qui s'était penché pour murmurer quelque chose à cette peste de Sarah qui venait d'acquiescer les yeux baissés. Nadège non plus n'en perdit pas une miette. Il lui avait semblé voir Sarah rougir. Seule Linda n'était pas captivée par ce spectacle, occupée qu'elle était à rire très fort avec les jumeaux. Linda s'entendait bien avec les garçons, en général. Linda était pratique, avec ses airs d'aguicheuse. Elle servait d'appât, attirait les garçons, récoltait leur amitié, et Nadège et Stéphanie s'incrustaient ensuite avec un grand succès dans l'art de passer inaperçues. Linda s'en était vite rendu compte. Elle n'en était pas dupe, mais elle s'en moquait.

Stéphanie n'entendait plus rien. Elle n'entendait plus son petit ami éconduit lui proposer de trouver un terrain d'entente. Elle n'entendait que le bouillonnement de rage qui lui cognait dans les tempes.

15H24

Nadège s'éclaircit la gorge et tenta d'adopter un ton détaché.

« Qu'est-ce qu'il t'a dit, Adrien, tout à l'heure ?
- Rien de très intéressant, soupira l'adolescente.

- Dis-nous alors, insista Stéphanie. »

Linda, elle, n'insistait pas. Elle n'avait pas posé de question à Sarah lorsqu'elle avait vu Adrien sortir de chez elle. C'était ses affaires. Elle voyait Stéphanie trépigner, elle sentait bien qu'elle prenait sur elle pour rester correcte.

« Alors ? Vas-y raconte !
- Bon, d'accord. Adrien est passé chez moi plus tôt cet après-midi et m'a demandé si je voulais sortir avec lui. Et là, il m'a demandé si j'étais bien en train d'y réfléchir. »

Le visage de Nadège perdit toutes ses couleurs, et Stéphanie resta muette un instant. *Elle va exploser*, songea Linda. Au lieu de cela, la jeune fille prit une longue inspiration, puis demanda :

« Et qu'est-ce que tu comptes lui répondre ?
- Je vais lui dire non. »

15H30

Les adolescentes redescendaient une rue commerçante dans un silence glacial. Sarah sentait que cette tension venait d'elle mais n'osait rien faire pour la briser. Linda s'abstint de détendre l'atmosphère, car le mutisme, lorsqu'il provenait de gens normaux, la mettait de mauvaise humeur.

« J'ai envie de pisser », dit Stéphanie.

Cette annonce inattendue fit naître un début de rire nerveux.

« Passionnant ! déclara Linda.
- T'as pas idée ! J'en peux plus !
- Va là-bas, » lança Nadège en lui indiquant le fond d'une impasse déserte.

Sous les rires de ses copines, Stéphanie s'empressa d'aller se cacher et disparut entre deux voitures en stationnement.
« Les filles !! Venez voir !!
- Non merci ça ira !
- Non mais pas moi !! Venez voir !!
- Voir quoi ??
- Mais vous êtes lourdes, venez je vous dis ! cria-t-elle en surgissant sur le trottoir, se tortillant pour remonter son short. Il y a une nouvelle boutique ! »
Ses amies obtempérèrent aussitôt.

Le magasin n'avait pas de nom. Sa large vitrine présentait des articles qui correspondaient tout à fait à l'idée que les jeunes filles se faisaient du style. Les étiquettes annonçaient des prix bien plus bas que les boutiques environnantes. Le seul inconvénient de ce très prometteur temple de la mode était d'être fermé.
« Fait chier », soupira Stéphanie en fixant le rideau de fer baissé, comme si elle avait un instant cru pouvoir le faire lever par le simple pouvoir de sa pensée.

« Allez, on se casse », soupira Nadège en sortant une cigarette de son sac.

Il y eut un grincement aigu. Les adolescentes cessèrent tout mouvement et regardèrent la devanture. Le rideau de fer de la vitrine semblait onduler. Un autre grincement. Puis le rideau, lentement, se leva dans un hurlement strident de métal rouillé. Stéphanie et Linda se bouchèrent les oreilles et Sarah recula de quelques pas.

Lorsque le métal fut remonté, les jeunes filles demeurèrent immobiles, un peu stupéfaites, comme si l'ouverture inattendue de ce commerce avait été le fait de leur volonté. Comme si la personne à l'intérieur leur avait cédé.

Nadège remis la cigarette dans son paquet et se tourna vers ses amies.

« Bon, qu'est-ce qu'on attend ? »

15H34

La boutique était bien plus fournie que ne l'avait laissé présager la vitrine. C'était un labyrinthe de vêtements pendus à des cintres, d'étagères en avalanche, de grands bacs où reposaient des accessoires, et de présentoirs à bijoux. De partout dépassait du tissu de toutes les couleurs, de toutes les tailles, mais cela n'avait rien à voir avec les boutiques locales comme *Sapes 2000* ou *Maryl'In* où les filles avaient parfois la chance de dénicher quelques pièces acceptables. Ici, chaque vêtement avait l'air tout droit sorti d'un magazine de mode, à croire qu'on les avait arrachés aux mannequins pour les entreposer ici à des prix défiant toute concurrence. Les tissus étaient de bonne qualité, les coupes semblaient impeccables, les accessoires avaient de belles finitions, ce qui n'était pas le cas de ce que l'on pouvait trouver dans les bazars du coin.

« Je crois que je suis morte et que je suis arrivée au Paradis », dit Linda sans emphase.

Elle qui se désespérait du manque de goût vestimentaire local et qui collectionnait les photos de défilés dans le *Elle* se sentait soudain catapultée dans une salle au trésor.

Encore sous l'effet de l'émerveillement, les jeunes filles n'avaient rien touché, comme si elles attendaient la permission de constater que tout ceci était bien réel.

Une porte s'ouvrit derrière le comptoir où se trouvait la caisse. Une jeune femme en sortit, souriante, avec un paquet de prospectus à la main. Nadège trouva qu'elle ressemblait à un personnage de bande dessinée japonaise du *Club Dorothée* mais ne se souvint pas lequel. *Juliette je t'aime*, cela lui revint, à cause de sa frange et ses cheveux épais d'un noir tirant sur le bleu.

« Salut les filles, bienvenue », lâcha-t-elle d'une voix inattendue, grave et rocailleuse, qui jurait totalement avec son physique.

Elle se glissa derrière le comptoir où elle posa la pile de prospectus et les filles commencèrent à vagabonder dans les rayons, bavardant distraitement entre elles, concentrées sur leurs fouilles.

Stéphanie s'approcha du comptoir pour examiner des colliers pendus près de la caisse et baissa les yeux sur la pile de tracts. Curieuse, elle en saisit un et le porta à hauteur de ses lunettes. Elle y lut la date du jour en lettres agressives au-dessus du dessin représentant un triangle qui lui parut étrange. Elle comprit que le triangle incarnait en réalité un verre à cocktail. Cependant, verre à cocktail ou pas, il lui parut inadapté, sans qu'elle ne sût s'expliquer exactement pourquoi. Elle tourna la feuille. Au dos se trouvait un plan qui indiquait une adresse perdue dans la campagne, à quelques kilomètres de Cormorin. La vendeuse lui adressa un sourire familier. Stéphanie eut un léger mouvement de recul. La vendeuse avait les dents pourries. Elles étaient irrégulières, d'un brun tirant sur le noir, on aurait pu croire qu'elle venait de mâcher une cartouche d'encre. Stéphanie espéra que la vendeuse n'avait rien vu de sa réaction de dégoût.

« C'est quoi ?
- Un bal itinérant, ma belle. Une installation éphémère.
- Ça veut dire quoi éphémère ?
- Ça veut dire que ça a lieu ce soir et pas demain, répondit la jeune femme avec un clin d'œil qui mit Stéphanie mal à l'aise.
- D'accord, mais c'est quoi ? C'est un bal, mais genre, pour les vieux et tout ?
- Ahah non ! Pas du tout ! »

Les filles avaient cessé de parler et prêtaient une oreille attentive à la conversation. La vendeuse poursuivit :

« Non c'est une soirée organisée par une discothèque américaine. Ils sont venus spécialement en France cet été pour organiser des soirées dans les campagnes. Il s'installent chaque soir dans un lieu différent, et ce soir c'est ici.
- Une discothèque américaine ? Carrément ?
- Oui, avec les meilleurs DJ, des barmen carrément cool qui font de super cocktails, de la musique géniale. Tout ça quoi.
- C'est fou ! Il ne se passe jamais rien par ici.
- Mais pas ce soir ! Ça te dit de venir avec tes amies ?
- Pffff, soupira Stéphanie. On est mineures, on ne nous laissera jamais entrer.
- Ah si ce n'est que ça ! »

La vendeuse ouvrit un tiroir et en sortit des tickets qu'elle plaça en éventail sous les yeux de Stéphanie.

« Tiens, quatre tickets d'entrée avec des consommations gratuites. Avec ces invitations, je vous garantis qu'on ne vous refusera pas l'entrée.
- J'y crois pas ! Merci ! »

Stéphanie se retourna et brandit les tickets sous les exclamations ravies de Nadège et Linda. Sarah avait l'air exaspéré. Si ses amies la traînaient dans un lieu où elles n'avaient pas la permission d'aller, elle serait obligée de mentir à son frère, et elle avait le mensonge en horreur. Elle poursuivit son examen des rayons mais le cœur n'y était plus, elle ne faisait plus qu'attendre que les filles aient terminé leurs essayages.

15H40

Nadège et Stéphanie gloussaient dans les cabines, ressortant chaque fois avec des tenues de plus en plus courtes. Elles demandaient son avis à Sarah, restée appuyée contre une étagère.

Linda suivait distraitement leur conversation de loin en essayant des bagues sur un présentoir devant la vitrine. *T'as pas peur que ce soit un peu court ?* Linda saisit une bague en argent ornée d'une pierre rouge. *Arrête de faire ta sainte, c'est pas si court que ça.* Elle la passa à son annulaire. *Enfin, on voit quand même tes fesses, je ne sais pas ce qu'il te faut.* La bague était trop large. Elle la retira et la glissa à son pouce. *Qu'est-ce que t'es rabat-joie toi.* Linda leva brusquement la tête. *Ne me demande pas mon avis dans ce cas.* De l'autre côté de la vitrine, dans la ruelle déserte, son petit frère la regardait sans bouger. *Ouais bon j'y peux rien si toi ton truc c'est les robes de grand-mère.* Linda était horrifiée devant son frère qui la fixait avec un air étrange, un air de reproche. Elle ne lui avait jamais vu une telle expression. *On n'a pas les mêmes goûts, c'est tout.* Lui qui était toujours en mouvement, incontrôlable, avait l'immobilité d'une statue, comme s'il n'était pas *réel*. *Et celle-là, t'en penses quoi ?* Mais surtout, qu'est-ce qu'il faisait là, tout seul dans la rue ? *C'est déjà moins vulgaire.*

S'était-il échappé de l'institut de jour ? Ou d'une sortie surveillée en ville ? *Bon là tu vois on est d'accord.* Linda sortit de sa stupeur, arracha la bague de son pouce et jaillit hors de la boutique.

« Kevin, qu'est-ce que tu fais là !? »

Elle atterrit sur le trottoir. Il n'y avait personne. Elle cria le nom de son frère, paniquée, et se précipita jusqu'au croisement. Il avait dû s'enfuir en courant mais bordel, qu'est-ce qu'il faisait dans la rue sans surveillance !? *Kevin !* appela-t-elle dans le vide de la rue endormie. Deux voitures se croisèrent devant elle. Personne. Il n'y avait personne. Son frère ne pouvait pas être là. Elle avait dû rêver.

Elle retourna au magasin, un peu secouée.

15H46

Sarah commençait à s'impatienter tandis que ses amies triaient leurs articles par ordre de préférence avant de passer à la caisse. Elle avait l'impression d'être dans la boutique depuis trop longtemps, de subir sa présence ici. Elle avait envie de sortir. Ce magasin ne lui avait rien inspiré. Elle sentait une légère nausée monter depuis qu'elle y était entrée. Au début, elle n'aurait su définir pourquoi mais à mesure que passaient les minutes, elle s'en rendait compte. Il y avait une faible odeur qui la dérangeait. Une odeur douceâtre d'humidité, qui semblait s'amplifier depuis qu'elle l'avait détectée. Ça sentait le marécage, quelque chose en décomposition. Elle décida de respirer par la bouche le temps qu'elle resterait ici. Ce devait être elle, car ses amies n'avaient pas l'air incommodées. Mais la nausée montait.

Prise d'un léger vertige, elle s'appuya discrètement de ses deux mains sur le rebord d'un bac rempli de foulards et d'écharpes.

« Je n'ai pas assez mangé ce midi, c'est juste ça, la tête qui tourne. »

Elle entendait ses amies jacasser depuis ce qui lui paraissait une éternité. Elle se reprit lentement, prenant de longues inspirations, et concentra son regard dans le bac à foulards bariolés. Elle ouvrit grand les yeux, elle venait de voir quelque chose qu'elle ne comprenait pas tout à fait.

Les foulards semblaient remuer seuls, de façon imperceptible, par spasmes. Il n'y avait aucun courant d'air, elle n'avait rien touché. Elle regarda de plus près. C'était comme si les morceaux de tissu *respiraient*. Elle aurait même juré entendre un souffle maladif. *C'est ma respiration, la mienne, c'est moi qui respire trop fort, ça ne peut pas être dans le bac. Il n'y a rien de vivant dans le bac.* Mais la respiration était bien distincte de la sienne. Et dans le bac, imperceptiblement, le tissu se soulevait, puis s'affaissait. Puis se soulevait de nouveau. Les foulards, mélangés, palpitaient.

Sarah éjecta ses mains du rebord, recula violemment et se cogna contre une penderie. Ça bougeait encore. Elle cria d'une voix aiguë qu'elle tenta de maitriser au mieux : « Je vous attends dehors ! ». Et sortit précipitamment.

Elle partit plus loin, au coin de l'impasse, et s'assit sur le trottoir pour se calmer. Elle avait bien failli vomir à l'intérieur.

Les minutes passèrent, elle respira mieux, la nausée finit par disparaître. Et elle se leva en souriant lorsque ses amies sortirent du magasin avec leurs achats.
19H36

« Tu es déjà prête ? demanda Stéphanie.
- Pas du tout », répondit Nadège dans le combiné qu'elle avait coincé sur son épaule afin d'avoir les mains libres pour fouiller dans son placard.

Elle se prit la cheville dans le fil et entendit Stéphanie crier contre ses parents qui lui reprochaient de monopoliser la ligne téléphonique. Elle attendit que son amie cesse de pester et lui demanda :

« T'as un plan ?
- Un plan pour quoi ?
- Pour aller au bal de je-sais-pas-quoi. On a les tickets.
- Oui le plan est sur le papier.
- Non, un plan pour y aller, bécasse ! C'est dans un champ je crois. On va se débrouiller comment pour y aller ? On va pas partir à pied.
- Le scooter de Linda ?
- Toutes les quatre sur un scooter ?

- Compte pour trois. Sarah ne viendra pas. C'est une hypocrite.
- T'as raison. Mais même à trois, on fait comment ?
- On va s'arranger. On va à Cormorin d'abord. On trouvera bien une solution sur place.
- C'est bon. Je te laisse, ma mère a besoin du téléphone. »

Elle raccrocha, anxieuse. Elle avait eu peur que sa mère décroche et surprenne leur conversation.

19H40

« Doucement, Kevin, tu vas tout froisser », dit Linda.

Le petit, assis sur le carrelage, tirait sur la minijupe de sa sœur.

« Il essaye de te rallonger l'ourlet, fit la mère de Linda.
- Il comprend rien à la mode.
- Enfin c'est un peu court quand même.
- Si tu le dis...
- C'est ce que tu as acheté dans la nouvelle boutique de Cormorin ?
- Oui, le magasin qu'on a découvert cet après-midi. Tu verrais ça maman, il y a un choix incroyable !
- Et ils n'avaient rien de plus long du coup ?
- Ahahah, fit Linda, ironique.
- Arrête de bouger, je n'arrive pas à te coiffer.

- Mais c'est Kevin qui n'arrête pas de remuer ! Kevin arrête deux secondes s'il te plaît. »

Linda hissa son frère afin qu'il s'asseye sur ses genoux et se regarda dans le miroir. Le salon de coiffure de sa mère était désert. Linda lui avait demandé de la coiffer pour sa sortie. Elle adorait les moments où le salon était vide et calme, quand elle pouvait venir avec Kevin. Aux horaires d'ouverture, ce n'était pas envisageable. Kevin était ingérable. Sa mère avait plusieurs fois tenté de le garder avec elle lorsqu'elle travaillait, mais il lui demandait une attention et une surveillance constantes. Il pouvait d'un moment à l'autre être saisi de convulsions ou pousser des hurlements aigus et effrayer les clients. Mais depuis peu, depuis qu'il était à l'institut de jour, surtout, les crises s'étaient espacées.

Tandis que la mère de Linda lui tressait de fines nattes dans les cheveux en bavardant, Kevin se tordait paisiblement dans les bras de sa sœur. Lentement mais sûrement, il entreprit de se laisser glisser sur le carrelage. Lorsqu'il n'y eut plus que sa tête à faire glisser sur les genoux de Linda, le petit appliqua une ample tache de bave sur sa jupe.

« Oh Kevin non ! Regarde-moi ça tu m'as tout dégueulassé ! »

Pour toute réponse, le petit poussa un gloussement et se mit à ramper sous le fauteuil.

« C'est rien, ma chérie, dit sa mère. Ça va sécher, ça ne se verra pas.
- Je sais, je sais... »

Le cœur un peu coupable, Linda tendit la main pour caresser les cheveux de Kevin sous le siège.

« C'est pas grave mon petit loup, excuse-moi », lui dit-elle.

20H32

« T'es prête ? »

La voix de Marcus ne trahissait aucune impatience. Lorsque sa sœur, sans répondre, arriva sur le perron, il sentit son cœur se gonfler d'orgueil. Sarah avait emprisonné ses longs cheveux blonds dans un chignon et portait la robe claire en mousseline qu'il l'avait vu coudre de longs après-midi durant. Aux pieds, elle portait les chaussures en satin de leur mère. Et en grandissant, elle lui ressemblait terriblement.

« On y va ? »

Marcus acquiesça et lui désigna la camionnette blanche d'un signe de tête. Sarah considéra le véhicule un instant, perplexe.

« Je l'ai lavée pour vous emmener, toi et tes amies. »

La carrosserie brillait, il n'y avait nulle trace de boue sur les roues. Marcus avait consciencieusement lustré la tôle, nettoyé les vitres et aspiré à l'intérieur de l'habitacle. Il sembla même à la jeune fille que les trois sièges de la banquette avant avaient été aspergés d'une eau de Cologne bon marché. Même le sapin parfumé pendu au rétroviseur avait meilleure mine. Sarah s'installa en silence, tellement touchée de cette attention délicate qu'elle se trouva sans voix sur une partie du chemin.

Lorsqu'ils s'arrêtèrent devant chez Stéphanie, celle-ci les attendait impatiemment derrière la vitre du bar-tabac. Elle expédia une bise à ses parents et sortit. Marcus était descendu lui ouvrir la portière. Stéphanie grimpa à côté de Sarah, la complimenta sur sa tenue et se mit à jacasser avec un débit verbal assourdissant auquel Sarah acquiesçait en souriant, un peu étonnée. Jamais Stéphanie n'avait été aussi agréable avec elle. Jamais elle n'avait senti son amie d'humeur aussi sympathique. Et d'aussi loin qu'elle s'en souvienne, jamais elle n'en avait reçu de compliments. Et Sarah était d'un esprit trop bienveillant pour vouloir y déceler une quelconque forme d'hypocrisie.

20H37

« Papa, maman, j'y vais ! annonça Linda.
- Sois prudente sur la route, lui lança-t-on depuis la salle à manger. Surtout au retour !
- Ouais ! »

L'adolescente traversa le vestibule et récupéra ses clés sur la commode. Alors qu'elle atteignait la porte, elle sentit une masse se jeter sur elle. Elle poussa un cri de surprise et eut le réflexe de se débattre.

De ses bras, Kevin lui serrait la taille à lui briser les os comme une tenaille. Il poussait des braillements suraigus à percer les tympans de sa sœur. Elle tenta de protester malgré la douleur mais sa voix ne couvrait pas les sons que produisait son frère. Sans la lâcher, le petit la tira vers le côté et la poussa avec une force anormale, *inhumaine*. Linda fut projetée sur l'escalier et hurla à l'impact de son corps sur l'arête des marches en bois. Son frère l'avait lâchée. Soufflée par la douleur et par le choc, elle fut un instant incapable de bouger et de parler. Même au plus fort de ses crises, jamais Kevin n'avait encore fait preuve de violence à l'égard d'autrui.

Il se tenait debout, devant elle, livide, yeux exorbités, les traits déformés par une expression indéfinissable de peur et de rage. *Ses yeux vont exploser*, songea Linda, paniquée. *Reste*, dit Kevin. Ce n'était pas possible. Il n'avait pas pu dire cela. Parce que ses lèvres n'avaient pas bougé. Et parce que Kevin ne savait pas parler. Les yeux de son frère semblaient saillir de plus en plus de leurs orbites. *S'il ne se calme pas, ses yeux vont exploser.*

« KEVIN ARRÊTE !! »

Reste.

Linda agrippa son frère par les épaules et se mit à le secouer. Le visage du petit était congestionné, sa respiration bloquée.

« Arrête », rugit-elle à nouveau en lui infligeant une nouvelle salve de secousses. Alors Kevin se mit à hurler, il se dégagea violemment, tomba et harponna ses mains aux chevilles de sa sœur. Ses petits doigts d'enfant se refermèrent avec une telle force sur leur étreinte que Linda tenta de lui donner un coup de pied, tant elle avait mal.

Les parents, ahuris, jaillirent dans la pièce.

« Qu'est-ce qu'il se passe ici nom d'un chien, Kevin !! Kevin calme-toi ! »

Le père de Linda se rua pour empoigner le jeune garçon qui se retourna et le mordit au sang. La mère paniqua et se jeta sur l'enfant avec toute la délicatesse qu'elle put pour le maîtriser. Elle lui attrapa les deux bras sans qu'il ne cesse de s'époumoner et se débattre comme un diable. Le père tenta de saisir les deux jambes qui lui envoyèrent des coups à la figure. Il reçut un coup de genou sur la tempe.

Kevin se convulsait à terre, les bras et les jambes immobilisés par ses deux parents abasourdis. Linda, à bout de souffle, parvint à se relever. Le petit poussait des cris de plus en plus longs et perçants, sans quitter sa sœur des yeux.

« Pars maintenant, Linda ! » vociféra son père.

L'adolescente ne bougea pas. Elle suffoquait de peur. Elle déglutit, chercha ses mots, puis annonça :

« Je ne peux pas. Je ne veux pas le laisser dans cet état. Il ne veut pas que je parte.
- Justement, pars ! Il ne se calmera pas si tu restes devant lui comme ça.
- Oui, haleta sa mère. Pars, il va oublier, il ne se rendra compte de rien.

- Il a *parlé* maman.
- Quoi !? firent ses parents de concert.
- J'ai dit qu'il a parlé. Il a dit quelque chose, je l'ai entendu !
- Tu délires autant que lui là. Allez file !
- Mais écou...
- File Linda !!! éructa son père. Va-t'en, je ne peux plus le tenir ! »

Linda se précipita dehors en sanglotant. Au moment où la porte claquait, elle entendit des coups. Kevin tentait d'ouvrir et de la poursuivre, maîtrisé par ses parents.

Elle courut jusqu'à la remise où était garé son scooter et démarra en trombe.

Quelques secondes plus tard, elle longeait le canal à pleine vitesse.

20H42

Marcus arrêta sa camionnette devant la propriété des parents de Nadège, et Stéphanie se pencha vers le volant pour donner deux joyeux coups de klaxon. Nadège franchit le portail vêtue d'une longue robe à fleurs, accompagnée de sa mère, un châle noir sur les épaules, qui avança vers l'habitacle avec un air à la fois sévère et, si on cherchait bien, très légèrement bienveillant. Elle salua Marcus d'une politesse aride et examina brièvement l'allure des amies de sa fille avant de hocher la tête d'un air presque satisfait. Sarah quitta la cabine pour aller s'installer à l'arrière du fourgon, laissant la place la plus confortable à son amie qui montait.

« Bon, Marcus, je vous fais confiance pour me ramener Nadège saine et sauve.
- Bien sûr Madame, soyez tranquille.
- Entendu. Amusez-vous bien les filles.
- Merci Madame, claironnèrent-elles d'une seule voix.
- Et soyez sages. »

Marcus fit marche arrière et s'engagea dans la descente.

À peine la silhouette de la mère de Nadège eut-elle passé le portail dans le reflet du rétroviseur que Nadège se tortilla sur son siège. Elle fit glisser sa robe par-dessus sa tête, révélant la robe noire extrêmement courte qu'elle avait achetée au magasin l'après-midi. Elle roula la robe longue en bouchon et la fourra dans sa sacoche.

« Où est-ce que tu as trouvé cette robe de mamie ? s'esclaffa Stéphanie.
- Dans le placard de ma sœur.
- Pas mal, l'astuce de la double robe ! T'as bien choisi la plus moche en plus. Ta mère a pas dû en croire ses yeux.
- Ouais mais regarde, triompha-t-elle en extirpant des escarpins de son sac. Je lui ai aussi piqué ça !
- Classe ! »

20H44

Linda roula à vive allure à la sortie de Vitteaux. Le soir achevait de tomber sur la campagne. Elle accéléra encore, comme si son frère était à ses trousses. Comme s'il lui eût été possible de courir aussi vite derrière elle.

Reste, entendit-elle encore.

Le compteur monta à cent.

20H46

Nadège s'alluma une cigarette et Marcus toussa aussitôt. Elle souffla sa seconde bouffée en sa direction, comme pour vérifier que c'était bien la fumée qui lui provoquait cette toux.

« Alors Marcus, ça boume ? Qu'est-ce que tu nous racontes de beau mon grand ? » fit-elle en poussant Stéphanie pour voir son reflet dans le rétroviseur. Elle s'appliqua un rouge à lèvres orange vif de sa main libre.

« Euh ... Oui écoute. Ça va bien.
- Les filles ? s'enquit Stéphanie avec un brin d'ironie dans la voix.
- Les filles ? Comment ça les filles ?
- Bah, les gonzesses quoi ! T'emballes un peu en ce moment ? »

À l'arrière du fourgon, Sarah surprit Nadège et Stéphanie échanger un regard moqueur. Marcus bredouilla, intimidé, se concentrant davantage sur la route.

« Euh... ben... Non pas tellement.

- C'est pas une réponse ça Marcus ! C'est oui ou c'est non, c'est pas peut-être.
- Alors c'est non, on va dire.
- Comment ça se fait ? fit Nadège d'une voix apitoyée en passant la main dans les cheveux de Marcus. Un joli garçon comme toi. »

Stéphanie retenait à peine le fou rire qui la tenaillait. Marcus déglutit. Il était devenu tellement rouge, englué de gêne, que Sarah ressentit une vague de haine profonde envers ses amies. Son frère prit de longues inspirations tremblantes.

« Je... je ne sais pas, Nadège... »

Nadège retira aussitôt sa main comme si cette conversation n'avait soudain plus aucune importance. Elle fouilla frénétiquement dans son sac à la recherche urgente du reste du maquillage dont il fallait qu'elle se serve avant d'arriver.

La tension retomba. Le silence la fit fondre. Stéphanie se calma. Marcus reprit une couleur normale, toujours un peu tendu par l'attitude déplacée des amies de sa sœur.

Un deux-roues dépassa la camionnette par la droite.

« Il est fou, celui-là, dit Nadège.
- C'était pas Linda ? hasarda Stéphanie.
- Non, il y avait deux personnes sur la moto. C'est peut-être les garçons.
- Tu sais pas, peut-être qu'elle a emmené son frère, plaisanta-t-elle.
- Le débile ?
- Ben elle en a qu'un, de frère.

- L'angoisse n'empêche d'avoir un frère mongole...
- Il est pas mongole il est autiste je crois, ou un truc du style.
- Ouais c'est pareil, ça craint un max. T'as déjà vu comment il est ? Franchement un jour j'accouche d'un gosse comme ça je l'abandonne quelque part.
- Pareil. Pas de ça chez moi, merci. »

Stéphanie conclut la conversation par une grimace appliquée.

« Ahah ! Tu l'imites trop bien ! », pouffa Nadège avant de s'essayer également à l'exercice. Les deux adolescentes hilares se lancèrent dans un concours grotesque d'imitations d'handicapés mentaux sous le regard consterné de Sarah. Elle ne voyait que leurs nuques, devinait le type de contorsions faciales auxquelles elles s'appliquaient en tordant les bras, les mains et les doigts dans tous les sens, simulant des convulsions. Elle adressa un regard de pitié à son frère lorsque leurs yeux se croisèrent dans la glace intérieure. Des yeux, elle l'implora d'être patient, lui fit comprendre qu'elle aussi souhaitait que ce trajet se termine au plus vite.

Marcus acquiesça et regarda à nouveau la route.

21H01

La fête de Cormorin battait son plein lorsque les quatre adolescentes se retrouvèrent au point de rendez-vous. Partout dans les rues se dressaient des tentes, des stands de tout et n'importe quoi, où l'on trouvait aussi bien de la nourriture à emporter et des produits locaux que des gadgets en plastique et des vêtements. Les longues tables en bois installées sur les chaussées étaient prises d'assaut par des groupes d'amis et des familles sortis dîner pour l'occasion. Ça sentait la choucroute, la friture et la viande grillée. Locaux et touristes déambulaient à grand renfort de barbe à papa, de gaufres et de glaces italiennes.

De partout la foule avançait comme un fleuve. Une inondation humaine défilant devant les commerçants et les orchestres. On entendait du rock, du jazz un peu plus loin, de la musique latino au détour suivant. Les instruments se répondaient entre eux aux quatre coins de la ville, recouverts par les passants s'essayant au karaoké et la rumeur de la foule.

Et sur la grand-place, entourée d'orchestres, il y avait la foire et sa cacophonie de bruits électroniques et de néons lumineux. Les attractions attiraient enfants et adolescents comme des aimants. C'était le cœur de la fête, là où il fallait être. Et pour les quatre jeunes filles, c'était sans surprise. C'était la même chose que chaque année.

Linda et Sarah ne s'étaient pas préalablement consultées pour avancer de mauvaise humeur. Sans que l'une ne sache ni ne se demande pourquoi l'autre avait l'air si contrarié, elles se contentèrent de suivre Nadège et Stéphanie en silence.

Devant elles, leurs deux amies étaient à la parade, roulant ostensiblement des hanches dans les mouchoirs de poche qui leur servaient de vêtements. Par intervalle, Sarah saisissait au vol des mots excessivement grossiers dans leurs bavardages. Elle avait honte. Elle était habituée aux comportements parfois excentriques de ses deux amies, mais ces attitudes vulgaires, ouvertement provocantes étaient une nouveauté. C'était comme si elle ne les connaissait pas vraiment, ou qu'elles avaient changé en pire l'espace d'une journée. Et cela la mettait mal à l'aise. Elle jeta un regard à Linda qui marchait les yeux rivés sur le trottoir. La jeune fille passa une main au-dessus de son épaule dans un geste inconfortable et se gratta à travers le tissu de ses vêtements.

« Tout va bien ? » lui demanda Sarah.

Linda fit une drôle de tête. Comme si son amie l'avait prise en flagrant délit ou lu dans des pensées douteuses. Elle avait l'air un peu honteuse. Elle balaya cette expression d'un large sourire et ses yeux s'illuminèrent.

« Mais bien sûr que ça va ! »

Elle savait qu'avoir l'air soucieuse ne lui ressemblait pas, et le fait que son amie se fût aperçue de son état ne lui allait pas. Linda avait toujours eu un besoin viscéral de faire croire au monde entier qu'elle était infaillible, faite d'acier. Elle glissa son bras sous celui de son amie et avança avec elle, avec un semblant de mine radieuse.

Reste.

Maintenant qu'elle était là, elle se remémora ce qu'elle était censée faire, comme la jeune fille de seize ans qu'elle était : s'amuser en toute insouciance.

Reste.

Bien que la chose lui semblât moins aisée pour ce soir-là.

21H35

Perché sur des échasses, un clown qui jonglait avec des balles surgit devant les adolescentes, leur adressa une révérence et reprit son chemin au-dessus de la foule. Stéphanie soupira très fort.

« Qu'est-ce qu'on s'emmerde ici putain !
- Modère ton langage, ou parle moins fort si c'est trop te demander, fit Linda, autoritaire.
- Quoi tu vas me faire des leçons de bonnes manières la fausse blonde ? C'est la meilleure…
- Parle-moi autrement aussi. Là je reste sympa, mais n'exagère pas.
- Qu'est-ce que t'es pas cool toi ce soir ! Je t'ai connue plus marrante.
- Allez oui, intervint Nadège. Décoince-toi un peu là, entre toi et Sarah on dirait qu'on fait une sortie du troisième âge. »

Linda leva les yeux au ciel. Stéphanie réajusta à la baisse le bustier qu'elle portait afin d'arriver à la limite entre là où s'arrête le décolleté et où commence le rien du tout.

« Ah ! Les garçons sont là, je les vois ! » cria Nadège. Elle porta les doigts à sa bouche et émit un long sifflement. Et Stéphanie s'attaqua en vitesse au rétrécissement minimaliste de sa jupe.

22H12

Au bout de deux canettes de Kronenbourg, Stéphanie semblait tolérer que Steve marche avec elle un bras autour de ses épaules, tant que cela ne l'empêchait pas d'adresser régulièrement des regards aguicheurs à Adrien. Sarah s'en était aperçue, comme le reste du groupe en fait, mais elle était la seule à se sentir mal à l'aise pour son amie.

En tête de la troupe, Nadège marchait entre les deux jumeaux en enchaînant les cigarettes. Elle avait commencé à se battre avec une fille qui lui avait marché sur le pied quelques minutes plus tôt, et les deux garçons étaient intervenus avant que la bagarre ne dégénère. Frustrée, elle avait aussitôt décidé de passer ses nerfs sur Sarah en l'insultant, et les jumeaux avaient également dû empêcher Linda de lui en coller une.

« Sympathique ambiance, remarqua Adrien à voix basse.

- Il y a des soirs comme ça, répondit Linda, sans joie.
- C'est gentil de ta part d'avoir voulu défendre Sarah.
- Non c'est normal, répondit-elle en haussant les épaules. Elle ne connaît pas la méchanceté. Alors elle ne sait pas non plus y répondre. »

Adrien lui tendit la fin de sa cigarette. Elle tira dessus. Ses mots sortirent en même temps que la fumée.

« J'aimerais que tu prennes le relai l'an prochain, si tu veux bien.
- Le relai de ?
- À la rentrée prochaine je serai dans une école de coiffure. Je ne rentrerai à Vitteaux que les week-ends. Alors j'aimerais que tu veilles sur elle.
- Si elle veut bien me le permettre. Elle est un peu sauvage, je crois.
- Je te fais confiance, Adrien.
- Alors je te le promets. »

Nadège se retourna pour crier, exaspérée :
« Bon, on a fait le tour là non ? »

Personne ne lui répondit. À part « oui », il n'y avait pas d'autre réplique possible. Le petit groupe avait déjà arpenté toutes les rues où s'étendait la foire. Mais ce n'était pas la simplicité de la réponse qui empêcha ces jeunes gens de la formuler. Si personne ne répondit, c'est parce que chacun savait qu'il n'y avait pas d'autre alternative que de refaire encore le tour de la foire, et le confirmer de vive voix rendait la chose plus déprimante encore.

Nadège s'impatienta, secouant légèrement la jambe, comme pour s'apprêter à taper du pied.

« On crève ici, y a que des gosses et des vieux ! »

Une famille passa devant elle à ce moment-là. Nadège récolta un regard noir de la mère de famille. Sarah sursauta lorsque Nadège émit un crachat une fois que la femme eut tourné le dos. Elle ne l'aurait jamais pensé capable d'une attitude aussi ouvertement abjecte.

« Sérieusement, ça pue la bouffe, y a aucune ambiance !
- Calme-toi ! cria Linda.
- Non !! On va pas faire dix fois le tour de ce putain de bordel !!! », rugit Nadège.

Des passants, choqués, s'étaient retournés avant d'accélérer le pas. L'un des jumeaux la saisit par le bras et la secoua légèrement dans l'espoir de maîtriser un début de crise d'hystérie. L'adolescente fulminait, le visage écarlate de colère. Tous la regardèrent sans rien dire, dans l'attente d'une accalmie ou la crainte d'un hurlement imminent. Tous sauf Stéphanie qui se frappa la tête de la main.

« Bon sang mais c'est vrai ça, attendez... »

Elle fouilla dans son sac et sortit les tickets que la vendeuse lui avait donnés l'après-midi même dans le magasin.

« On a sauvé notre soirée, j'ai les tickets !
- J'avais oublié ça ! On est sauvés ! cria Nadège.
- C'est quoi ? demanda Steve en s'approchant.

- Une nouvelle discothèque, mais que pour ce soir.
- Hein ?
- Fais voir, firent les jumeaux. »

Les garçons partirent loucher sur les billets que Stéphanie tenait dans ses mains.

« C'est où ?
- Attendez, il y a un plan derrière, dit Stéphanie.
- C'est dans la forêt on dirait, non ?
- Oui, en bordure.
- Pourquoi pas. Moi je suis pour.
- Je suis ! »

Sarah resta à l'écart, les bras croisés.

« Faites ce que vous voulez, annonça-t-elle. Moi je n'irai pas.
- Allez on se casse, dit Stéphanie en lui adressant un regard de mépris. Toi tu fais ce qui t'arrange, l'hypocrite, on s'en fout.
- On y va comment ? s'enquit Nadège. Les garçons, vous nous emmenez en mobylette ?
- Ouais, fit Steve. Bon, Sarah, tu restes ici alors ? »

Elle acquiesça. Adrien, anxieux, la rejoignit.

« Je reste avec elle, annonça-t-il. »

Stéphanie devint livide. Linda vit ses lèvres se retrousser comme un animal enragé. L'espace d'une seconde, la jeune fille fut glacée par cette expression de haine à n'en plus pouvoir. Stéphanie lui faisait peur. Et Nadège la dégoûtait. Elle eut soudain envie de pleurer, de rentrer chez elle, ou les deux à la fois. Cette soirée était catastrophique.

« Allez-y sans moi aussi, lâcha-t-elle. Je reste avec eux.
- C'est toi qui vois chérie », envoya Nadège sans se retourner.

22H37

Sarah et Linda buvaient leurs milkshakes. Depuis qu'elles s'étaient installées dans l'arrière-salle déserte du Sporting, Adrien, assis en face d'elles, ne leur avait pas vu l'ombre d'un sourire. Il avait par deux fois tenté des blagues qui étaient lamentablement tombées à plat. Linda aspirait bruyamment le fond de son verre à la paille en se balançant sur sa chaise, les yeux vides. Sarah gardait un silence de cathédrale, parcourant incessamment du regard la pièce aveugle. De l'intérieur, on n'entendait qu'un fantôme de cacophonie, et quelques mouches voler. Adrien se mit à marteler un rythme sur la table avec ses doigts. Lorsqu'il eut fini, il leva les yeux vers les filles.

« Bon, qu'est-ce que vous voulez faire ? »
Linda haussa les épaules.
« Vous voulez rester ici ?
- Non.
- Retourner à la fête ?
- Non plus.
- Rejoindre les autres au je-sais-pas-quoi dans la forêt ?
- Encore moins.

- Vous voulez que je vous raccompagne chez vous ?
- J'ai ma bécane, fit Linda.
- Mon frère doit venir me chercher à minuit, répondit Sarah.
- Et moi je reste avec Sarah en attendant », conclut Linda.

Adrien consulta sa Swatch, puis remonta le col de sa veste en jean et posa les mains sur la table.

« Ok les filles, j'ai bien compris que la soirée était mal partie, que vos copines vous en ont fait voir de toutes les couleurs, que la fête de Cormorin c'est marrant cinq minutes, que vous êtes blasées, contrariées, tout ce que vous voudrez. Maintenant, il y a deux solutions. Soit on retourne dehors, on essaye de profiter de la soirée jusqu'à minuit parce que mine de rien, il fait beau, c'est les vacances et qu'on ne sort pas non plus tous les soirs à la campagne, soit on reste ici encore une heure et demie et je vous regarde tirer la tronche sans dire un mot. Lequel des deux projets vous choisissez ? »

Linda mâcha un instant sa paille avant de consulter Sarah du regard. Cette dernière acquiesça.

« T'as gagné Adrien. On choisit la deuxième option.
- Parfait mesdemoiselles. Et avec le sourire ce sera encore mieux. »

Linda lui tira la langue.

22H41

Sarah sortit du Sporting après Adrien et Linda. À peine eut-elle posé un pied sur le trottoir qu'elle sentit que quelque chose avait changé. Ce n'était qu'une impression vague, indéfinissable, totalement irrationnelle. Elle regarda partout autour d'elle, les gens, les stands, les familles et les orchestres. *C'est comme avant... mais c'est différent.* Elle resta sur le bord de la terrasse de l'établissement, tenta de se concentrer, de visualiser les choses, de comprendre ce qui la perturbait.

Il n'y avait rien d'anormal. Les badauds défilaient. Les orchestres jouaient. Les gens riaient, mangeaient, s'amusaient. *C'est l'atmosphère, peut-être.* Elle se sentit en danger, soudain. Elle tenta de calmer ses sensations floues qui allaient trop loin. *Non, une atmosphère ne change pas. Une fête est une fête.* Elle se sentait cernée, sans que rien de concret autour d'elle ne pût le justifier.

Elle sursauta lorsqu'Adrien lui posa une main sur l'épaule.

« À quoi tu penses ?
- ... à rien. Rien du tout.
- Bon tu viens ou tu rêves ? » fit Linda qui avait retrouvé le sourire pour de bon.

22H46

Escortées par Adrien, les filles avançaient mollement dans les allées de la foire.

« Regarde, dit Linda, la fille, là-bas, elle a la même robe que Nadège.
- Exact. Elle a dû l'acheter au magasin.
- Elle lui va mieux au moins, à celle-là. Tiens regarde, une autre, là ! »

Sarah tourna la tête. Une jeune fille descendait d'un manège habillée du même vêtement.

« À croire que tout le monde s'est passé le mot, dit Sarah.
- Ouais, ou alors qu'il n'y a qu'une boutique de sapes potables ici. Oh la vache, regarde ça ! »

Devant elles, une mère de famille obèse portait aussi la robe noire extrêmement courte. Le tissu lui comprimait les bourrelets et s'arrêtait juste sous les fesses pour offrir une vue imprenable sur la cellulite de ses jambes.

« Celle-là aurait peut-être mieux fait de s'abstenir, dit Linda en se grattant derrière l'épaule.
- Ahah, droit devant toi, tu vois la petite brune ? C'est ta jupe ça on dirait !
- Oh merde ! Mon style inimitable !!
- Il faut croire que non, ma petite.
- Oh toi ça va c'est pas moi qui couds mes propres vêtements comme une mamie.
- T'es bête. »

Elle poursuivirent leur marche molle en se chamaillant. Leurs gamineries moururent lentement, et s'arrêtèrent net lorsque Sarah aperçut dans la foule une vieille dame portant la même robe que Nadège. Elle devait avoir quatre-vingt-dix ans et évoluait lentement, à l'aide d'un déambulateur. La robe minuscule avait l'air trop étroite pour son corps. Elle révélait ses bras, et la totalité de ses jambes à la chair flasque, parcheminée, constellée de varices et de taches. Sarah demeura muette de stupeur. La vieille femme avançait seule, laborieusement, pas après pas avec son déambulateur, vêtue d'une robe outrageusement sexy, qui sur elle semblait plus qu'inconvenante. Qui sur elle était horrifiante.

Sarah fut parcourue d'un violent frisson de dégoût. Elle tourna la tête vers Linda, pour savoir si elle avait vu la même chose qu'elle. Mais Linda n'avait rien vu, elle s'était arrêtée devant un stand de bonbons avec Adrien et se grattait discrètement le bas du dos en se tordant le bras. Et la vieille dame avait disparu parmi la foule. Et Sarah prit soudain conscience que cela faisait déjà plusieurs minutes qu'elle surprenait son amie se gratter furtivement à travers le tissu de ses vêtements. Le frottement de ses ongles lui semblait de plus en plus agressif, laissant supposer une démangeaison diffuse et persistante.

Elle se grattait à nouveau, à présent, au niveau des côtes. Sarah s'approcha d'elle et Linda eut un léger mouvement de recul et baissa les yeux, gênée que son amie l'ait surprise en train de se gratter. Sarah n'osa pas lui poser de question.

« Tout va bien ? demanda-t-elle simplement.
- Oui pourquoi ? »

Elle affichait un sourire radieux qui eut l'air de convaincre Sarah. Il se transforma en grimace quand à nouveau elle ressentit une insupportable démangeaison sous ses vêtements. Sarah fronça les sourcils.

« Tu es sûre ?
- Mais oui ! »

Linda grinça des dents. Elle hurlait dans sa tête. Elle aurait voulu arracher son débardeur et sa jupe pour se jeter dans un sac d'épines. Elle avait envie de se gratter jusqu'au sang. Ça fourmillait comme mille piqûres de moustique du haut de ses cuisses jusqu'à ses épaules, ses côtes, son ventre, chaque centimètre de peau cachée sous le tissu. Il n'y avait qu'un seul endroit qui ne la démangeait pas, en haut de la cuisse droite. Le seul endroit qui lui laissait du répit était là où s'étalait la tache de bave de son frère.

L'irritation s'atténua soudain, puis disparut. La jeune fille se sentit revivre. Elle savait que cela reviendrait tout à l'heure, qu'elle n'aurait pas de répit tant qu'elle ne se serait pas déshabillée en rentrant chez elle.

Adrien revint vers les deux amies avec un sachet de bonbons rempli à ras bord.

23H09

« Tu t'en sors Linda ? C'est pas comme ça qu'il faut faire.
- Arrête de parler Adrien, tu me déconcentres.
- Comme tu veux. »

Adrien laissa la jeune fille se débrouiller seule devant l'attraction et se tourna vers Sarah qui mangeait les bonbons consciencieusement, sans quitter le sachet des yeux, comme si elle ne voulait rien regarder d'autre.

« Tu réfléchis à ce que je t'ai demandé cet après-midi ? »

En guise de réponse, elle enfonça sa main dans le sachet, saisit un ours en guimauve et le fourra dans sa bouche. Adrien soupira.

« Je suis sérieux, Sarah. Je ne suis pas un mauvais gars. Si je ne te plais pas, dis-le juste, car je pourrais le comprendre. »

À quelques pas de là, Linda poursuivait ses tentatives de diriger le grappin vers les peluches afin d'en attraper une dans la cabine de Plexiglas. Concentrée, elle dirigea à nouveau la manette latérale avant de faire descendre le grappin. Elle jaugea de nouveau le tas de peluches pour choisir une proie. Il y avait un lapin rose qu'elle avait repéré dès le début et qui lui plaisait bien. Si elle parvenait à l'attraper, elle en ferait cadeau à son frère le lendemain matin. Elle chercha si le lapin n'avait pas un frère jaune dans le tas, car Kevin adorait cette couleur. Elle fouilla des yeux l'amas compact de peluches à travers la vitre. Deux peluches venaient de bouger de quelques millimètres. Il y en avait de toutes les couleurs. Il y avait de nombreux animaux, réalistes ou parfois peu identifiables, il y en avait des petits, d'autres beaucoup plus volumineux. Un ourson bleu se renversa sur le côté.

Et il y avait un serpent.

Linda fit un bond en arrière en poussant un cri suraigu. Dans le bac en verre, le serpent ondulait son corps luisant au milieu des jouets, glissant sur les velours colorés des animaux factices. Il se faufila dans un interstice sombre entre un chat et un hippopotame et disparut dans le tas. Des passants s'étaient arrêtés pour regarder la jeune fille, puis repartirent tranquillement. Sarah et Adrien accoururent. Linda semblait essoufflée.

« Il y a un serpent là-dedans !
- Qu'est-ce que tu racontes ? fit Adrien.
- Un serpent ! Un vrai, un vivant. Dans les peluches, là !
- C'est pas possible, enfin, Linda.
- Puisque je te le dis !! » cria-t-elle en se grattant violemment le ventre des deux mains.

Sarah prit Linda dans ses bras sans rien dire et tenta de réconforter son amie. Elle garda le silence, parce qu'elle la croyait.

Adrien s'alluma une cigarette. Par-dessus l'épaule de Sarah, alors que Linda tentait de se calmer, elle vit Kevin au bout de l'allée. Son petit frère portait son pyjama éponge avec Winnie

L'Ourson. Il la regardait sans bouger, les yeux décuplés par les verres de ses lunettes.

Reste.

Elle savait que ce n'était pas vrai. Elle savait que ce n'était pas lui. Elle couina et ferma les yeux. Deux larmes s'en échappèrent.

Lorsqu'elle rouvrit les yeux, son frère avait disparu. À sa place, droit au milieu des badauds se tenait un homme d'une quarantaine d'années. Lui aussi regardait Linda, mais pas de la même manière, pas de cet air sévère et abattu à la fois. Il avait le regard luisant, gluant, torve.

Elle préféra garder les yeux fermés encore un peu.

23H20

Ils s'étaient éloignés de la place principale pour marcher dans les rues. Sans s'en rendre compte, Sarah agrippait le bras d'Adrien. Elle avait peur, elle n'aurait su dire de quoi. Son ressenti inexplicable n'avait fait que s'accroître en sortant du Sporting.

Adrien sentait que Sarah craignait quelque chose. Il sentait, sans se l'expliquer, que les filles étaient perturbées. Il était cependant ravi de constater que son contact semblait rassurer la fille dont il était amoureux depuis des mois.

Linda marchait à côté de Sarah et se grattait sans discontinuer. Et l'irritabilité due à la démangeaison ne faisait que s'accentuer à cause des regards masculins qu'elle provoquait, qu'ils fussent discrets ou plus appuyés. Elle avait l'habitude, pourtant. Depuis le début de son adolescence, les hommes l'avaient toujours reluquée, tous âges confondus. Les garçons du lycée comme les professeurs, les employés de ses parents, les inconnus, n'importe qui. Elle s'y était fait, elle le supportait.

Mais ce soir-là, ce n'était pas pareil. Il y avait quelque chose de malsain dans les regards qu'elle croisait, une insanité systématique. Les yeux qui s'arrêtaient sur elle avaient un aspect visqueux, dégoûtant, *des yeux de marécage*, pensa-t-elle en frissonnant. Et les visages, aussi, se transformaient à son passage. Elle pouvait voir leurs veines battre sur leurs fronts luisant de transpiration. *Des visages de cire palpitants.*

Un picotement atroce lui traversa la colonne vertébrale qu'elle s'empressa de gratter sans ménagement. Sarah s'en aperçut. Par pudeur, elle ne fit aucune remarque et regarda ailleurs. Elle comptait mentalement les robes noires qu'elle voyait sur les passantes, et les vêtements du magasin qu'elle avait reconnus. C'était comme si toutes les femmes ici ou presque s'étaient habillées dans la boutique sans nom pour ce soir-là.

23H24

Ce n'est pas possible... Le long des stands, partout, parcourant les trottoirs, les femmes d'âge mûr comme les adolescentes portaient presque toutes exactement la même robe. Et, remarqua Sarah, certaines d'entre elles se grattaient.

Mais qu'est-ce qu'ils ont tous, mon Dieu ! éructa Linda en elle-même quand trois hommes se retournèrent en même temps pour la regarder avec la même expression avide, le même visage de cire. Son cœur se mit à battre de plus en plus fort à chaque pas. Ils se retournaient sur elle, tous.

Un orchestre entier passa, les yeux rivés sur elle.

Sarah n'eut plus de doute. Plus loin devant elle, une jeune femme se grattait le bas du dos en tenant son petit ami par la taille de sa main libre. Une autre, d'une cinquantaine d'années, griffait consciencieusement son épaule en regardant un groupe de jeunes gens chanter faux devant un karaoké, un peu plus loin, la vendeuse d'un stand de jouets en bois soulageait une démangeaison sur son ventre. Toutes se griffaient de concert, et dans l'indifférence générale. Adrien avançait sans rien remarquer. *Est-ce que c'est moi qui invente ?* Elle jeta un coup d'œil à Linda qui se grattait des deux mains.

J'en peux plus !! Linda frotta encore le tissu. Elle fut vite soulagée pour ce qu'elle savait n'être que quelques minutes. Il lui semblait à présent voir de la bave aux commissures des lèvres des individus masculins qui la remarquaient ostensiblement. Elle sentit un haut-le-cœur la gagner. Cela n'allait pas pouvoir durer.

Les ongles griffaient les tissus, partout, les femmes se grattaient en automates, sans rien laisser paraître. Sans le moindre soupçon de gêne, sans le moindre signe d'exaspération. Il n'y avait pas que le frottement des doigts sur les vêtements, il y avait autre chose, de moins perceptible, et il fallut quelques secondes d'intense concentration à Sarah pour comprendre. Les vêtements semblaient fourmiller. Sur celles qui les portaient, les tissus, imperceptiblement, ondulaient. Sur les femmes qu'elle observait, les vêtements *grouillaient*.

Les étoffes se déformaient par en dessous d'innombrables pulsations qui s'agitaient de façon désordonnée, aléatoire.

Elles ont des bêtes sous leurs vêtements, pensa Sarah, stupéfaite. *Ou alors*, lui vint cette conclusion horrifiante, *ou alors ce sont les vêtements qui sont vivants.*

De dos une femme griffait l'arrière de sa cuisse d'un geste mécanique, répétitif. Elle ne faisait que ce geste, tandis le reste de son corps demeurait immobile. Elle levait le bras, le baissait, griffait, levait le bras, le baissait, griffait.

Elle répétait ce mouvement depuis longtemps déjà. Car là où s'arrêtaient ses ongles, il y avait un trou dans le vêtement. Elle était venue à bout du tissu dans la précision de son geste entêté. Elle griffait dans elle-même à présent. Du sang coulait de sa jambe. Elle griffait une plaie béante, s'attaquant, de ce geste ininterrompu, à creuser dans sa propre chair.

Sarah s'arrêta et plaqua ses deux mains sur sa bouche pour étouffer un hurlement. Au même moment, Linda vit un homme tourner la tête vers elle. Il était resté de dos. Il n'avait pas bougé son corps. Pour la regarder, il avait tordu son cou à cent quatre-vingts degrés.

Elle poussa un cri, faillit trébucher et s'agrippa à Sarah dont les mains demeuraient jointes sur le cri qui était resté au fond de sa gorge. Adrien, intrigué, secoua doucement Linda.

« Linda, qu'est-ce qu'il se passe ? »

Il vit que Sarah se trouvait elle aussi dans un drôle d'état.

« Mon Dieu, les filles, qu'est-ce qu'il y a ? »

Linda accrocha ses deux mains au bras de Sarah.

« Je veux partir d'ici ! Je veux partir ! sanglota-t-elle.
- On s'en va, oui, vite », souffla Sarah d'une voix blanche.

Linda acquiesça si vivement qu'elle sentit ses cervicales craquer. Sarah saisit la manche de la veste d'Adrien et la secoua frénétiquement.

« Adrien !
- Oui, quoi ?! »

La panique gagnait le jeune homme à son tour.

« Il faut partir.
- D'accord, d'accord on y va.
- Mais il faut qu'on retrouve les filles.
- Quelles filles ?
- Nadège et Stéphanie, intervint Linda en pleurant toujours. Il faut qu'on les récupère. Il faut absolument aller les chercher.
- La soirée qu'il y avait sur le plan ? Vous pensez qu'elles y sont encore ?
- Je ne sais pas, Adrien, fit Sarah en criant presque. Je ne sais pas ! Mais il faut les retrouver ! Tout de suite ! Tu sais où c'est ?
- Sarah, tu montes avec Adrien. J'ai vu le plan, je m'en souviens. Vous n'avez qu'à me suivre. »

Tous trois traversèrent les rues en urgence jusqu'au parking. Les filles gardèrent les yeux baissés en courant, pour ne rien voir. Adrien ne baissa pas la tête.

Mais il vit des choses qui le mirent fortement mal à l'aise.

23H35

Linda mit son casque et démarra. Elle ralentit pour attendre qu'Adrien fasse de même. Ce dernier tendit son casque à Sarah installée derrière lui.

« Tiens, je n'en ai qu'un, alors mets-le. »
Les deux mobylettes démarrèrent à toute vitesse. Les rues étaient désertes à cet endroit, curieusement silencieuses lorsque l'on sortait des animations du centre.

Linda s'arrêta à un carrefour. Adrien pila derrière elle.
« Linda, pourquoi tu t'arrêtes ? » cria-t-il.
Il n'y avait ni priorité, ni circulation. Juste la rue éteinte. Linda ne répondit pas et ne se retourna pas. Elle redémarra de plus belle. Adrien fit de même. Accrochée derrière lui, Sarah comprit pourquoi son amie s'était arrêtée. Il avait suffi d'un coup d'œil à droite, vers le fond de l'impasse.

Il avait suffi d'un coup d'œil sur la droite, pour voir qu'à la place du fabuleux magasin de vêtements découvert l'après-midi même dormait un local désaffecté.

23H38

Les cheveux de Linda s'emmêlaient derrière elle avec la vitesse. Adrien la suivait à travers la route étroite de rase campagne plongée dans la nuit. Les phares donnaient une pâleur maladive au paysage.

Partout à travers champs la route était déserte. La chose était impensable pour un soir de fête de village. *Où sont les gens ?* se demanda Adrien.

Qu'est-ce que c'est que ce merdier ce soir, surtout ?

Serrée derrière lui, Sarah priait les dents serrées. Elle murmurait des bribes de psaumes mélangées à des paroles confuses. Elle était terrifiée.

Ils traversèrent un hameau endormi et dépourvu d'éclairage et contournèrent un champ qui grimpait le long d'une colline. Les véhicules redescendirent en longeant l'orée de la forêt.

23H42

Linda ralentit en arrivant en bas et longea le ruban de route bordant la forêt obscure à faible allure. L'asphalte était constellé de trous et de nids de poule. Sarah retenait son souffle. Sous le lent vrombissement des bolides, elle percevait le bruissement d'un vent faible dans les feuillages, et les murmures d'animaux nocturnes.

Elle avait peur de regarder vers l'obscurité des arbres. Elle ne voulait pas aller là où ils se rendaient. Mais il fallait qu'elle récupère Nadège et Stéphanie. Elle ne se sentirait pas tranquille tant qu'elle ne les aurait pas ramenées chez elles. À vrai dire, elle se sentirait plus *intranquille* encore. La formulation lui parut plus exacte. Car il lui semblait fort probable que son esprit ne connaîtrait pas la paix avant un long moment. Elle ne connaîtrait pas la paix avant d'avoir oublié cette soirée.

Linda posa le pied sur le goudron abîmé devant un chemin de terre. Elle se retourna, ses grands yeux clairs livides d'angoisse. De longues bavures de mascara noir lui sillonnaient les joues.
« C'est par là », annonça-t-elle d'une voix étranglée en désignant un étroit chemin qui s'enfonçait dans la forêt.
Adrien acquiesça. Et ils s'engagèrent au milieu des arbres.

Le chemin de terre tranchant l'orée des bois s'étendait sur une centaine de mètres dans l'obscurité. Au fond, on devinait une clairière. Et il y avait de la lumière. Adrien arriva à hauteur de Linda et roula côte à côte avec elle. La lumière s'intensifiait. Ils parvinrent au bout. L'allée débouchait sur une surface plane, où étaient garés de nombreuses motos et quelques vélos. Une arche en bois ouvrait sur un chemin bordé de lampions suspendus à des poteaux de bois. De là où ils étaient, ils percevaient le bourdonnement de la musique.
Ils s'arrêtèrent, coupèrent les moteurs. Mais tous trois restaient là à chevaucher leurs bolides. Aucun n'avait envie d'en descendre. Sarah s'éclaircit la voix et annonça faiblement :
« C'est là, apparemment. Il faut continuer à pied. »

Il y eut un silence, qui s'étira sur de longues secondes, comme un recueillement. Linda descendit la première.

« Allons-y. »

Ils attachèrent leurs casques aux guidons.

« Je passe devant », dit Adrien.

Il s'engagea sous l'arche d'un pas ferme, suivi des deux adolescentes dont la démarche était beaucoup moins décidée. Linda se tordit la cheville sur le sol inégal. Sarah la rattrapa de justesse et l'aida à se redresser. Linda acquiesça comme si Sarah lui avait demandé si ça allait. Elles étaient trop anxieuses pour parler, et se connaissaient assez pour communiquer en silence. Instinctivement, elle marchèrent derrière Adrien en se tenant la main. Elles avaient peur de se perdre.

La musique se faisait plus précise. Mais si elle était plus nette, elle n'était pas tout à fait identifiable. Elle ne ressemblait à rien de connu, à rien de joyeux. Ce n'était pas de la musique de fête sur laquelle on danse. On aurait dit un tambour déformé dont l'écho ne s'arrêtait jamais. Les mesures étaient distordues, sourdes, morbides. Linda eut envie de s'enfuir, Sarah de se boucher les oreilles. Elle regretta de ne pas avoir gardé le casque sur sa tête.

Adrien arriva au bout du chemin et s'arrêta. Les filles arrivèrent à son niveau.

Un plancher de bois carré s'étalait devant eux, où s'agitait une quarantaine de fêtards. La piste de danse était bordée de poteaux où brûlaient des torches qui éclairaient le ciel étoilé.

Il n'y avait rien d'autre autour. Il n'y avait pas de bar, pas plus qu'un stand quelconque. On ne distinguait aucune basse. On ne savait pas d'où venait la musique. Il ne semblait y avoir ni serveuse, ni barman, ni DJ. Juste des danseurs abandonnés là, livrés à eux-mêmes. Autour de la piste, il n'y avait que les arbres gigantesques de la forêt et leurs ténèbres abyssales.

Les trois amis se concertèrent d'un seul regard et grimpèrent sur l'estrade. Les gens dansaient espacés les uns des autres, sans se bousculer, ni même se toucher, comme si le sol avait été quadrillé. Tous étaient tournés dans la même direction, face à la forêt, ondulant des bras dans le vide. On n'entendait ni rires, ni cri, ni échange. La musique tordue, seulement.

Linda, Adrien et Sarah s'infiltrèrent parmi les clients dans des directions différentes et cherchèrent parmi les gens, le cœur battant au rythme irrégulier des sons qui venaient de nulle part.

Sarah avança vers l'avant de la piste. Elle crut reconnaître Nadège de dos. *On en tient déjà une*, pensa-t-elle. *On l'attrape, on retrouve l'autre et on se casse.* Elle se faufila jusqu'à la jeune fille en contournant les clients.

Nadège dansait, les pieds proches du bord de la piste. Sarah s'approcha et posa une main sur son épaule. Son amie poursuivit sa chorégraphie sans s'interrompre.

« Nadège ! »

Sarah resserra son étreinte et tenta de faire pivoter Nadège face à elle. Rien n'y fit. C'était comme si le geste de Sarah n'avait pas eu lieu. Comme si Sarah elle-même n'existait pas. La jeune fille continuait de danser, imperturbable, les pieds comme ancrés au sol. Sarah secoua son amie par l'épaule, en vain. Elle relâcha prise pour tenter de faire pivoter la tête de Nadège vers elle, mais Nadège résista à la pression de son geste. Alors Sarah la contourna et lui fit face.

Son amie dansait, les yeux grands ouverts sur le vide. Elle avait les yeux éteints, sans expression, comme hypnotisée. Ce fut alors que Sarah balaya la piste de danse du regard et fut parcourue d'une telle terreur qu'elle sentit ses jambes se dérober sous elle.

Chaque personne présente sur les planches dansait comme Nadège, les corps ondulaient sous cette musique innommable comme à l'intérieur de cerceaux invisibles. Tous avaient le même regard, portant droit devant eux. Tous avaient les yeux vides, fixes et délavés.

Tous ondulaient, hypnotisés, les pieds immobiles, comme s'ils ne pouvaient plus bouger plus bas que leurs chevilles.

Sarah aperçut enfin Stéphanie et ses yeux amorphes derrière les verres de ses lunettes. Linda et Adrien tentaient de la secouer, la tirant par le bras pour l'emmener avec eux. L'adolescente ne se débattait pas, demeurait impassible, et continuait de danser comme les autres. Adrien criait dans l'oreille de Stéphanie, sans engendrer la moindre réaction, la moindre pause.

À côté d'elle, l'expression de Linda changea, passant de l'anxiété la plus profonde à un certain apaisement. Il semblait même que, insidieusement, son corps commençait à onduler.

Sarah comprit, à cet instant, que Linda entrait en transe. C'était la musique. Sarah, dans un geste paniqué, appliqua les paumes de ses mains de toutes ses forces sur ses oreilles et vit Adrien faire de même. Il tourna la tête vers elle, tétanisé. Sarah contourna les gens aussi vite qu'elle le put pour arriver près de lui, les mains plaquées sur ses oreilles. Et Linda, avec moins de conviction que les autres, commença à danser.

Sarah s'abattit sur son amie et la secoua par les deux épaules.

« SARAH NON !!! hurla Adrien. BOUCHE-TOI LES OREILLES !!!
- Je ne peux pas la laisser comme ça, il faut l'aider ! »

Le jeune homme attrapa Sarah par les poignets. Il transpirait, il était paniqué mais paraissait encore capable de raisonnement et de sang froid. Autour d'eux, ça dansait. Il leva les mains de Sarah vers ses oreilles.

« Bouge pas ! Continue à faire ça, je m'occupe de Linda ! » cria-t-il.

Sarah acquiesça en pleurant. Adrien colla vigoureusement ses propres mains sur les oreilles de Linda. Elle lui faisait face, et semblait regarder rêveusement à travers lui. Adrien espérait l'immobiliser en lui tenant ainsi la tête, afin qu'elle cesse d'onduler. Il sentit une vibration dans le sol, sous ses pieds. Il risqua un œil à Sarah qui se bouchait les oreilles. Les yeux apeurés, elle jaugeait le sol. C'était comme si les planches de bois, l'espace d'un instant, avaient failli toutes se soulever en même temps. Comme si quelque chose les poussait par en dessous.

« SARAH ! tenta-t-il d'articuler au mieux. DESCENDS ! »

Sarah, tout en se bouchant les oreilles, fit signe que non de la tête. Elle ne descendrait pas sans Linda.

« SARAH IL FAUT DESCENDRE DE LÀ, VITE !!! »

Sarah suffoquait de terreur. Elle hocha négativement la tête, elle ne voulait pas descendre. Linda, la tête prise en étau entre les mains d'Adrien, ralentit ses mouvements. Ses yeux clignèrent, l'air hagard et étonné.

« Elle se réveille, Adrien, regarde ! » cria Sarah.

00H00

Adrien se tourna vers Sarah pour lui adresser un clin d'œil. Ce clignement de paupière qu'il avait exercé toute sa courte jeunesse avec le plus grand détachement, la plus superbe désinvolture, signifiait à présent quelque chose d'autre, quelque chose de léger et de grave comme une trêve en enfer, une seconde de victoire au milieu du chaos.

Ce fut à ce moment que le plancher vibra pour de bon. Une secousse sourde et brutale. Sarah et Adrien sursautèrent, Linda sembla perdre l'équilibre une fraction de seconde. Quant aux autres, leurs semelles demeuraient clouées au sol. Adrien avait tourné la tête, et regardait vers l'avant de l'estrade, hypnotisé d'horreur.

À côté de Nadège, un adolescent qui leur tournait le dos s'enfonçait dans le sol. Il descendait sans cesser de danser. Il était englouti lentement, à la verticale, imperturbable. Il n'y avait nulle trappe dans le sol, aucun artifice au milieu des planches, il s'enfonçait dans l'estrade comme dans des sables mouvants. Autour de ses pieds, le bois avait un aspect boueux, un liquide épais, beige et visqueux. Bientôt, l'on ne vit plus de lui que le sommet de son crâne s'immerger au niveau du sol. Lorsqu'il eut totalement disparu de la surface, le sol garda l'aspect d'une flaque de boue gélatineuse.

À quelques mètres derrière, Sarah et Adrien avaient les yeux fixés sur la flaque qui avait englouti l'adolescent. Ils demeurèrent un instant immobiles et pétrifiés.

L'horreur arriva à son apogée lorsque juste à côté, à son tour, Nadège commença à s'enfoncer dans le sol. Ils n'eurent ni le temps de hurler, ni celui de penser. Car la seconde suivante, chaque danseur se trouvant sur la rangée de devant se vit doucement absorbé par les planches.

Ce fut rapidement au tour de la seconde rangée de commencer à descendre et disparaître.

Adrien secoua Linda. Le regard de l'adolescente retrouvait des nuances, une étincelle de vie.

« Linda, Linda ! Réveille-toi allez ! Il faut descendre ! »

Linda cessa soudain de danser, mais elle demeurait encore sous l'emprise de ce qu'il se passait ici. Lorsqu'elle regarda le devant de l'estrade, Sarah vit la deuxième rangée de danseurs engloutie. Il ne restait de leur passage que ces flaques obscènes.

« Linda », hurla-t-elle en secouant violemment son amie par le bras. Elle avait cessé de se boucher les oreilles.

« Descends Sarah bordel de merde ! éructa Adrien. Descends et bouche-toi les oreilles, je la réveille.
- NON ! » fit Sarah.

Elle plaqua à nouveau les mains sur ses oreilles mais refusa de descendre des planches. Elle jeta des regards paniqués autour d'elle. Les gens continuaient de s'enfoncer dans le sol en dansant, sans se débattre. Ils rejoignaient sereinement les entrailles de la terre.

Puis elle entendit Adrien hurler.

Le sol avait absorbé les pieds du jeune homme et, lentement, commençait à lui aspirer les jambes. Mais Adrien était conscient, Adrien savait ce qui lui arrivait. Il hurlait, hurlait en s'enfonçant.

Il agrippait le bras de Linda qui, perdue, ouvrit soudain grand les yeux comme après un cauchemar, le souffle court. Peut-être même pensait-elle encore rêver.

« ADRIEN ! » cria Sarah.

Le jeune homme était immergé jusqu'au torse. Derrière lui, les gens fondaient dans le sol, et ça allait bientôt être leur tour. Sarah agrippa si fort le bras de Linda que ses ongles lui entrèrent dans la peau. Linda eut un cri de surprise et de douleur.

Elle comprit en cet instant même qu'elle ne rêvait pas. Il s'était passé quelque chose au cours de ces dernières minutes dont elle ne se souvenait pas. Quelque chose qu'elle ne maîtrisait pas.

La tête d'Adrien dépassait du plancher, la bouche grande ouverte, paralysée en un cri d'épouvante absolue, les yeux exorbités de terreur. La boue commença à envahir sa bouche.

« Linda, viens », aboya Sarah.

Le sol commençait à devenir flasque sous ses pieds.

« Vite ! Vite ! » hurla-t-elle en poussant son amie.

Elle l'entraîna et les deux adolescentes tombèrent de l'estrade. Elles atterrirent pêle-mêle sur la terre sèche et roulèrent sur un mètre dans leur chute.

00H06

Les filles gisaient à terre, s'accrochant l'une à l'autre, mortifiées d'angoisse. Linda explosa en sanglots et serra de toutes ses forces les mains de Sarah.

« Qu'est-ce qu'il se passe ici Sarah ?!
- Je ne sais pas ! cria son amie en pleurs. Je ne sais pas ! »

Au-dessus d'elles, la musique continuait ses notes distordues et délirantes. Les jeunes filles, plaquées au sol, reprenaient leur souffle à travers leurs larmes.

« Il faut partir d'ici, Linda, vite. »

Son amie secoua vivement la tête. Elles se consultèrent du regard et se levèrent en même temps. Leurs corps entiers leur semblaient douloureux, leurs mouvements lestés par l'inimaginable qu'elles venaient de vivre.

Quelques secondes plus tard, elles furent debout. Redressée, se tenant droite, Linda s'arrêta pour contempler le résultat du spectacle dont elle n'avait rien pu voir.

Il ne restait plus que quelques personnes, sur la piste. Et là où les gens avaient disparu, il y avait d'étranges flaques de liquide solide. Sarah aussi s'arrêta pour regarder, comme pour se confirmer que ce qu'elle avait vécu ces dernières minutes avait vraiment eu lieu. Il restait quelques personnes qui dansaient, en effet. Mais plus aucune d'entre elles n'avait encore ses pieds sur le sol. Elles étaient toutes immergées, à différents niveaux à partir du haut des cuisses. Certaines n'avaient plus que leur tête qui dépassait, mais leur descente avait été stoppée, plus personne ne semblait s'enfoncer davantage. Et les gens se mouvaient, tant qu'ils le pouvaient, leurs corps entravés, plantés dans l'estrade, enfoncés dans Dieu sait quoi se trouvait en dessous. Les têtes bougeaient, les épaules, et les bras qui restaient.

Devant ce spectacle, Linda se sentit incapable de bouger. Son corps refusait tout mouvement, son être entier était mobilisé dans la tentative de comprendre ce qu'il s'était passé. Sarah la tira par la main.
« Linda viens, il faut qu'on parte !
- Stéphanie !! »
Linda pointait leur amie du doigt.
Stéphanie se trouvait au milieu de la piste, immergée au sol jusqu'aux épaules. Sa tête bougeait au rythme de la musique, limitée dans son élan par la partie immergée de ses cheveux emprisonnés par le plancher mouvant. Sa tête oscillait lentement, en tous sens.
« Il faut la sortir d'ici, plaida Linda.
- Linda, on ne peut pas.
- On ne peut pas la laisser ici.
- Adrien est déjà mort sous mes yeux pour te sauver ! » enragea-t-elle.
Linda se tourna vers elle, ahurie par la douleur et l'incompréhension. Le monde semblait devenir totalement fou, ce soir.

Au même moment, il y eut un bruissement tonitruant parmi les arbres qui bordaient la piste. Le même bruit qu'une tempête furieuse s'abattant sur la forêt. Aux cimes des arbres, les branches ployaient, des craquements de bois. Quelque chose allait sortir de l'obscurité de la forêt.

Sarah et Linda se recroquevillèrent sur elles-mêmes. Elle n'osaient plus s'enfuir, de peur que le moindre pas fût détecté par ce qui allait arriver.

00H12

Le bruit terrible du craquement des arbres se faisait de plus en plus net. Des pas d'une lourdeur inhumaine avançaient, se rapprochaient.

Et la bête sortit de la forêt.

Une chose immense, de plusieurs mètres de haut. Un édifice recouvert d'écailles. Une chose épaisse et gigantesque dont les cornes recourbées semblaient crever le ciel étoilé. Elle s'immobilisa devant la scène, et l'observa depuis les ténèbres de ses orbites vides.

Les filles cessèrent de respirer. D'instinct, elles se collèrent l'une à l'autre, la tête levée vers le monstre figé comme un monument. Il examinait la scène. L'instant d'après, d'un même mouvement, il se pencha au-dessus de la tête de Stéphanie émergeant du sol, ouvrit sa gueule immense et sectionna la tête de l'adolescente d'un coup de mâchoire. Il se redressa, du sang perlant de l'orifice disproportionné qui lui tenait lieu de bouche. Sur les planches, du sang jaillissait tel un geyser de la nuque sectionnée de la jeune fille.

Les filles n'eurent pas le temps de hurler que le monstre s'abattit sur un nouveau danseur prisonnier. Il recommença sur un autre corps, puis un autre. Il dévorait les proies qu'on lui avait gardées.

Sarah comprit que ce serait bientôt leur tour, à toutes les deux, et qu'elles avaient encore la chance de pouvoir s'enfuir. Elle attrapa Linda par les cheveux car c'était la première chose qui lui était tombée sous la main.

Ensemble, elles entreprirent de courir, courbées en deux pour ne pas être aperçues. Elles longèrent l'estrade où le massacre continuait, elles n'entendaient plus que les craquements d'os et le bruit infect des jets de sang. Parvenues de l'autre côté de l'estrade, juste avant l'étroit chemin de terre, Sarah se retourna.

Campé sur ses deux jambes épaisses, parfaitement immobile, le monstre les regardait.

Sarah hurla de toutes ses forces avant de se retourner. Les filles coururent sur le chemin, trébuchèrent, se relevèrent. Deux lourds pas firent trembler la terre sous elles.

Il venait les chercher.

00H15

Elles franchirent l'arche en hurlant. Linda perdit l'équilibre et se vautra devant la roue avant du scooter. Sarah la releva. Elles étaient en sang, couvertes d'égratignures, et allaient se faire dévorer à tout moment.

« Les clés, Linda, les clés, vite, vite !!!!
- Monte, monte !!! » fit Linda, hystérique, en enfourchant le bolide.

Les pas assourdissants se rapprochaient. Sarah grimpa derrière Linda qui déclencha le moteur. Elle démarra dans l'urgence, abandonnant son casque sur l'herbe. Sarah agrippa son amie de toutes ses forces en tremblant de tous ses membres. La route était inégale, chaotique. Et derrière, le monstre se rapprochait.

« Fonce, Linda !!! Plus vite !!! Il est derrière ! »

Linda ne put répondre que par un cri incompréhensible en poussant l'accélérateur au maximum. L'engin fit un bond sur une bosse et continua son trajet effréné sur le chemin de terre.

La route goudronnée fut bientôt en ligne de mire. Au moment où Linda prit le virage sur l'asphalte, Sarah regarda par-dessus son épaule.

Le scooter avait distancé la bête.

00H18

Haletantes, terrorisées, elles roulèrent au hasard sur les routes désertes à travers champs.

« Qu'est-ce qui se passe ici ? demanda Sarah à son tour à travers ses larmes.

- Je ne sais pas, hoqueta son amie. C'est... Mon Dieu, je ne sais pas. »

00H19

Il y avait une silhouette, en haut d'une montée. Une silhouette d'enfant. Le gosse se tenait immobile sur le bord de la route. Une angoisse sans nom étreignit l'estomac de Linda.

Puis les phares du scooter éclairèrent le visage blafard de l'enfant.

« Kevin ! »

Il regardait le scooter progresser. Il les attendait. Linda ralentit.

« Ne t'arrête pas ! cria Sarah. Linda ! Ne t'arrête pas. Ce n'est pas *réel* ! »

Linda cessa de ralentir. Elle n'accéléra pas, cependant. Elle garda les yeux rivés sur le visage de son frère. Il lui souriait, et agitait la main d'un geste mécanique. *Bienvenue, Linda*, entendit-elle sans qu'il ait bougé les lèvres.

Bienvenue, Linda.

« Accélère ! Ce n'est pas ton frère ! »

Linda obéit. Elles dépassèrent la silhouette fantomatique qui disparut aussitôt. Linda accéléra encore. L'engin dévala une longue descente à toute vitesse. Linda négocia le virage avec une grimace de douleur.

La démangeaison revenait. Sa minijupe et son haut décolleté lui brûlaient la peau. Elle retira sa main gauche du guidon pour se gratter les côtes et faillit sortir de la route.

« Attention !!! Qu'est-ce que tu fais !!?? »

Linda reprit sa trajectoire en grinçant des dents. Progressivement, elle oublia ses récentes frayeurs tant les irritations qu'elle subissait dans tout son corps devinrent aiguës. Qu'il s'agisse de ses vêtements, des bagues qu'elle portait aux doigts ou du serre-tête en strass qui ornait sa chevelure, tout ce qui entrait en contact avec sa peau lui devint insupportable. C'était à devenir dingue.

Puis la douleur prit le dessus sur l'inconfort, et le deux-roues alla s'échouer sur le bas-côté.

00H21

L'impact du choc fut amorti par la terre humide parsemée de touffes d'herbes. L'engin était tombé sur le côté. Sarah avait été éjectée du siège et avait atterri un mètre plus loin. Choquée par l'accident, elle se releva rapidement.

« Linda ! Ça va tu n'as rien !? »

Linda avait une jambe coincée sous le scooter et se tordait sur l'herbe d'une façon inquiétante.

« Attends, je vais t'aider ! Tu as mal quelque part ? »

Linda ne répondit que par des grognements et des gémissements de plus en plus longs, de plus en plus rauques. Sarah tira de toutes ses forces pour relever l'engin et le faire pivoter de l'autre côté, libérant son amie du poids qui pesait sur sa jambe. Linda ne semblait pas blessée, sa jambe était d'apparence en bon état. Pourtant, elle ne cessait de geindre. Des grognements d'animal blessé s'échappaient de sa gorge en longs râles.

Sarah se pencha vers son amie.

« Tout va bien, tu n'as pas l'air blessée. Du calme, je vais t'aider à te relever. »

À peine Sarah avança une main que Linda fut prise de convulsions hystériques. Elle se débattait au sol, roulant sur l'herbe et entreprit d'enlever son tee-shirt en hurlant. Sous les yeux paniqués de Sarah, Linda agrippait le tissu de ses vêtements par gestes saccadés pour le décoller de sa peau.

Sarah vit une tache de sang imprégner les cheveux de son amie. Elle avait dû se blesser en tombant. Mais Linda savait que ce n'était pas cela, ce n'était pas l'impact de la chute.

C'était le serre-tête en strass qui enfonçait ses dents dans son crâne.

Linda émit un rugissement et poussa sur ses bras pour baisser sa jupe. Elle se tordait au sol dans tous les sens. Alors qu'elle se libérait du tissu, Sarah put voir que là où la jupe avait été en contact avec la peau, la chair était à vif. Le tissu lui arrachait la peau et la brûlait. Linda cria plus fort et gesticula pour arracher son haut. Sarah l'aida à s'en défaire mais eut un mouvement de recul. Comme à la boutique, le tissu bougeait. Il était vivant. L'étoffe remuait sur son amie, et se gorgeait de sang.

Les vêtements de Linda étaient en train de la dévorer.

Sarah se jeta à nouveau sur son amie dans un geste désespéré pour lui enlever son débardeur. Les gestes de Linda étaient désynchronisés par la douleur, son visage déformé par les hurlements.

« AIDE-MOI !!! AIDE-MOI !!! » rugit-elle en enfonçant ses ongles dans l'épaule de Sarah. Elle retira aussitôt sa main et la frappa sur le sol. Quelque chose remuait entre ses doigts. Les trois grosses bagues du magasin qui palpitaient sur ses phalanges étaient en train de les lui ronger.

La jeune fille fut à nouveau prise de convulsions. Sarah tenta de la maintenir au sol de tout son poids.

« Tiens bon Linda, criait-elle, paniquée. Tiens bon, je vais t'aider. »

Soudain, le débardeur noir de Linda remua sur sa peau. Le tissu se tordit et se souleva, comme sous l'effet d'une doublure vivante, infernale. Sarah entendit un bruit atroce de chair lacérée. Et le tissu s'imprégna de sang noir.

Linda poussa un dernier hurlement. Le serre-tête lui trancha le crâne comme une guillotine.

Elle mourut les yeux grands ouverts.

00H43

Sarah pleurait toutes les larmes de son corps. Assise sur l'herbe, elle berçait le cadavre sanglant de son amie dans ses bras. Elle n'avait pas pu la sauver. Elle n'avait pas pu sauver Nadège. Elle n'avait rien pu faire non plus lorsque Stéphanie s'était fait dévorer. Et Adrien était mort pour leur sauver la vie à toutes les deux.
Soirée éphémère, avait dit la vendeuse. *Sans blague...*
Ils sont tous morts. Elle fut parcourue d'un tel frisson qu'elle dut se pencher pour vomir. *Fais attention jeune fille. Le diable est arrivé en ville.* L'arrière-grand-mère de Nadège avait raison. *Le diable est arrivé en ville.*

Sarah ferma les yeux de Linda et la déposa délicatement sur la terre.

01H12

Elle marchait en boitant sur le bord de la route. Elle avait perdu ses chaussures. La mobylette de Linda s'était cassée dans l'accident.

Elle était seule, à présent. Et elle allait mourir aussi, probablement.

Elle ne savait pas non plus où elle était. Dans leur fuite, elles s'étaient éloignées. Éclairée par la lune seule, elle voyait à peine où elle mettait les pieds, et ne savait pas où elle allait.

Elle pensait à ses amis décédés. Et à sa propre survie.

01H27

Elle longeait un sous-bois. Elle accéléra le pas. Dieu savait, à présent, ce qui pouvait sortir des arbres. La plante de ses pieds était écorchée de petites coupures qui saignaient, chaque pas la brûlait.

Son pied foula quelque chose de doux. La fourrure d'un animal. Sarah s'arrêta et regarda au sol. Un lapin, probablement écrasé par une voiture. La petite bête gisait sur le ventre, étalée dans une flaque de sang. Elle se redressa et poursuivit son chemin. En temps normal, elle aurait eu le cœur déchiré de voir cette petite chose innocente gisant sur le bord de la route. Mais dès lors que tous ses amis venaient de mourir sous ses yeux, il en allait tout autrement.

Elle avança d'une dizaine de mètres avant d'apercevoir un autre animal mort en traversant la route. Un hérisson. Elle poursuivit sans s'arrêter. Quelques pas plus loin, elle s'arrêta et plissa les yeux.

La route était parsemée d'animaux morts. De certains, il ne restait que des bribes de squelette broyé. Il y en avait des dizaines le long de la portion de route qui s'étalait devant elle. Des corps de fourrure sanglants. Un tapis macabre qui s'étalait à perte de vue.
Sarah voulut déglutir mais avait la gorge aussi sèche que le sable. Elle vacilla sur ses jambes. Il n'y avait pas que des animaux de la forêt sur ce parterre sanglant.

Un homme, ou ce qu'il en restait, gisait éventré, tête arrachée, les entrailles offertes au ciel étoilé. Plus loin, un autre, jeté dans une position improbable, déchiqueté jusqu'aux os, jambes emmêlées, un coude par-dessus la tête, et l'autre bras levé vers l'avant en une parodie grotesque de salut amical.
Salut Sarah, ça va être à ton tour.

« Demi-tour, maintenant ! » rugit une voix à l'intérieur de son crâne, à l'écho si violent qu'elle porta les mains à ses oreilles. Elle était paralysée, seule au bout de la route recouverte de cadavres, devant le squelette qui la saluait.

C'est alors qu'elle entendit un grognement tonitruant, suivi d'un immonde bruit de succion. Elle se figea, en alerte. À une dizaine de mètres, au milieu du ruban de goudron longeant la forêt, il y avait quelque chose. Dans l'obscurité, Sarah n'en devina que les contours. C'était large, grand comme une maison, tassé et épais comme un tas de fumier. Et ça remuait. Le tas gigotait en grognant.

Elle eut le souffle coupé. Son cœur fit un concert du diable, ses seuls battements faisaient se convulser son corps entier. Ce qui ressemblait à un bras d'une épaisseur démesurée se détacha du reste du tas. Cela lançait quelque chose. Le projectile atterrit aux pieds de l'adolescente. Un rat éventré. C'était le tas qui dévorait les gens.

Bien malgré elle, la jeune fille poussa un cri aigu. L'instant suivant, elle voulut revenir en arrière, annuler, n'avoir jamais crié. C'était vain, et trop tard, surtout. Car face à elle, plus loin dans le noir, le tas s'était redressé. Il se tenait à présent debout, et était finalement bien plus haut qu'une maison.

Et il l'avait vue.

01H32

Elle fit volte-face et se mit à courir, du plus vite qu'elle pouvait. Elle n'osait pas regarder par-dessus son épaule. Elle ne voulait pas voir ce qui la poursuivait. Alors elle courut en hurlant. Peu importait, maintenant, qu'elle fasse du bruit, elle était en vue. Elle cria sans discontinuer. Elle ne s'en priva pas, car c'était probablement les derniers sons qui allaient sortir de sa gorge.

Elle trébucha sur un nid de poule, s'étala de tout son long et se cogna le menton sur le sol dur. Un lambeau de peau s'arracha sur sa jambe droite à l'impact du bitume. Elle risqua un œil derrière elle. La chose se rapprochait. Elle était semblable à un immense tas de boue compacte transpirante, manoeuvrant son corps avec des mouvements lourds et flasques. Elle paraissait tout droit sortie des entrailles de la terre. Et pour ce que Sarah en savait, elle était affamée. Elle gagnait aussi du terrain.

Plus loin derrière cette créature, des dizaines de silhouettes semblables surgirent de l'ombre. Il y en avait une armée.

Qui marchait en sa direction.

Sarah se décolla du sol. Elle se releva et recommença à courir. *Ils vont m'attraper.* Derrière elle, le premier monstre de terre n'était plus qu'à quelques mètres. Elle sanglota. *Il va me dévorer vivante.* Elle aurait voulu tout, n'importe quoi, elle aurait tout accepté là, à ce moment même, tout sauf ce qui allait lui arriver.

Elle entendit soudain un autre bruit. Un grondement différent de celui du monstre qui la poursuivait. Un grondement qui devenait plus net. Et qui venait d'en face, de l'autre côté de la route. Elle était cernée.

01H36

Marcus continuait à rouler. Il était dans tous ses états. À la prochaine intersection, il allait devoir faire demi-tour. Sa sœur ne pouvait pas s'être aventurée si loin. Il perdait un temps fou à la chercher là où elle ne pouvait pas s'être égarée. Il essuya son front luisant de sueur d'une main tremblante et moite.

Il l'avait cherchée partout. Elle ne pouvait pas être à Cormorin. Elle n'avait pas pu mourir. C'était sa sœur. C'était impossible. *Sarah n'a pas pu mourir.* Il le refusait catégoriquement. De même que s'il l'a retrouvait morte, il ne serait pas d'accord. Il refusait de perdre sa sœur.

Depuis ce qui lui paraissait une éternité de panique, il roulait pleins phares sur les routes mortes de la campagne. Il n'avait croisé personne. Il n'avait rien vu. Il s'éloignait de plus en plus de là où elle aurait pu se trouver.

Il allait faire demi-tour. Il ne pouvait pas effectuer la manœuvre, la route était trop étroite pour faire pivoter la camionnette. Il devrait aller au bout. Il longea un bois qu'il ne connaissait pas.

Ses phares éclairèrent une ombre, un mouvement. Il freina dans un crissement de pneus qui lui vrilla les tympans.

Qu'est-ce que...

Ses yeux s'agrandirent.

C'était Sarah. Sa sœur courait dans sa direction en criant, des notes de terreur aiguës.

Elle courait pieds nus, cheveux défaits, sa robe de soirée était en lambeaux. Elle semblait avoir saigné, s'être débattue, avoir survécu.

« Sarah !! »

L'adolescente fonçait en direction de la camionnette. Dans la lueur des phares, Marcus vit la chose qui la poursuivait dans ses moindres détails. Son sang ne fit qu'un tour.

Qu'est-ce que c'est que cette merde !!!?

Et derrière cette chose, il y en avait d'autres, innombrables, une foule entière qui faisait trembler la terre.

« MONTE SARAH !!! GRIMPE !!! VITE !!! »

Sa sœur bondit dans l'habitacle, haletante, les yeux injectés de sang.

« DÉMARRE !!! »

La bête abattit son énorme patte sur le capot, une fissure se propagea sur tout le pare-brise. Marcus enclencha une marche arrière paniquée. Le monstre releva les bras, prenant son élan pour broyer le véhicule. La camionnette recula, prit quelques mètres de distance avec la bête qui sauta, sous l'hystérie absolue de Sarah. Marcus appuya à fond sur l'accélérateur. Le monstre atterrit là où s'était trouvée la camionnette la seconde précédente. Il poussa un beuglement et se remit à courir, lourdement, sans s'essouffler, rattrapé peu à peu par les ombres de ses semblables.

Une minute plus tard, il ne fut plus qu'une vague silhouette, suivie de mille autres qui avançaient au fond de la route.

« Accroche-toi, Sarah. »

La jeune fille tenta de se débattre avec sa ceinture de sécurité, mais la peur, l'angoisse, les nerfs privaient ses mouvements de toute efficacité. Alors elle passa ses deux mains derrière sa nuque et s'agrippa à l'appui-tête. Marcus tourna à toute allure dans l'intersection, à une telle vitesse que l'utilitaire manqua de se renverser dans le fossé.

Enfin, ils foncèrent tout droit.

Ils n'avaient plus personne, plus rien à leurs trousses.

01H47

Ils roulaient à cent quarante. Sarah était en état de choc. Elle suffoquait, mais un certain soulagement commençait à émaner d'elle malgré tout.

« On va où ? demanda-t-elle en reniflant.
- À la maison, voyons. »

Elle commençait à reconnaître le paysage. Ils roulaient sur la départementale qui longeait Cormorin. Le ciel était anormalement lumineux. Sarah tourna la tête.

Cormorin brûlait. D'immenses flammes dévoraient la ville entière.

« Mon Dieu, mais qu'est-ce qu'il s'est passé ici ? »

LES ITINÉRANTS

9 juillet 1991

William était sur les nerfs depuis le matin même. Il était seize heures et depuis qu'il était arrivé au bureau, Jacob avait à peine eu le temps de le saluer, tant il avait été assailli de coups de fil entre deux rendez-vous. Sandra, la secrétaire, filtrait les appels tant qu'elle le pouvait, mais elle aussi se trouvait débordée. Les clients appelaient par dizaines juste avant de partir en vacances, afin de s'assurer que les systèmes d'alarme de leurs résidences principales n'allaient pas les lâcher en leur absence, que tout serait en ordre à leur retour. D'autres se décidaient dans l'urgence à protéger leur domicile la veille de leur départ. Ainsi, depuis quelques jours, dans les locaux de J&W Security, le téléphone hurlait en continu.

« Excusez-moi, Monsieur, je vous reprends dans un instant. » Sandra étouffa le micro du combiné avec la paume de sa main et chuchota si fort qu'elle aurait pu tout aussi bien parler à haute voix. « Allyson, ma chérie, ne dessine pas sur l'agenda s'il te plaît. Tiens, regarde dans le tiroir il y a plein de feuilles blanches, prends-les. » La petite cessa le gribouillis auquel elle s'appliquait depuis quelques minutes, le stylo à bille solidement maintenu à la verticale dans son poing fermé. Elle avait l'air minuscule, assise derrière le grand bureau en métal. Seule sa tête châtain clair émergeait au niveau de la surface couverte de piles de dossiers.

« Le dossier Spencer ! », exigea William en entrant rouge et essoufflé dans le bureau de Sandra. Il avait ouvert la porte à la volée, sans frapper. Sandra cacha à nouveau le micro du combiné. « Sur le bureau, Monsieur, il doit être vers le haut de la pile. » Elle revint à sa conversation tandis que William se précipitait pour décimer le plus gros tas de papier. Allyson fit une pause dans son nouveau dessin pour l'observer d'un œil méfiant. Ce n'est qu'à ce moment-là qu'il remarqua sa présence. « T'es là toi », lâcha-t-il en continuant ses recherches.

« Putain mais c'est pas vrai ! »

Sandra sursauta. William brandit le dossier Spencer. La chemise qui contenait les documents avait été agrémentée d'un lapin à trois oreilles dessiné au surligneur vert depuis la dernière fois qu'il l'avait eue entre les mains. Il baissa les yeux vers la coupable. Allyson fit mine de reprendre son dessin. Et William put faire la découverte de l'œuvre complète de la fille de son associé. Une guirlande de post-it griffonnés, parfois d'un simple trait. Des feuilles blanches qui comportaient jusqu'à cinquante fois le tampon de la société, jusqu'à l'épuisement manifeste du niveau d'encre. Des pliages approximatifs par dizaines. Des bavures d'encres de toutes les couleurs admissibles en entreprise partout sur le bureau. Et, en plein milieu, l'agenda de Sandra dont les pages avaient été soigneusement agrafées entre elles sur les bords.

Il se précipita hors de la pièce et claqua la porte.

Il traversa le couloir comme une fusée et fit irruption dans le bureau de Jacob.

« Il faut qu'on parle !
- De quoi ? Qu'est-ce qu'il t'arrive ? répondit son associé en levant la tête de ses dossiers.
- De ça ! »

William agitait le dessin d'Allyson.

« C'est un lapin, fit placidement Jacob. Un lapin avec trois oreilles, visiblement.
- Je m'en tape que ce soit un lapin, un chien ou ma belle-mère ! Ce n'est pas un endroit pour les enfants ici !
- En effet, je suis au courant. Tu as d'autres remarques ? »

William laissa tomber le dossier sur le bureau.

« Ça fait une semaine, Jacob. Tu ne comptes pas l'amener tous les jours n'est-ce pas ?!
- Jusqu'à la rentrée prochaine, j'en ai peur.
- QUOI ?! »

Jacob n'avait jamais vu son ami devenir aussi rouge. Il se redressa sur son siège et s'exprima d'une voix calme.

« Écoute, c'est comme ça. On s'est bien mis d'accord sur le fait qu'on ne prendrait pas de vacances cet été. Alors oui, j'ai ma fille sur les

bras. La garderie ferme pendant les vacances, figure-toi. Et puis Sandra s'en occupe très bien.
- Mais on n'a pas embauché Sandra pour faire du baby-sitting, si ?! Elle n'est pas là pour ça, elle a du travail par-dessus la tête, elle aussi ! Et elle part en vacances dans une semaine, je te rappelle !
- Je n'ai pas d'autre choix que d'emmener Allyson au travail.
- Mais il n'y a pas quelqu'un de confiance qui pourrait s'en occuper ?
- De confiance, non. Tu ne sais pas ce que c'est, alors ne viens pas te mêler de ça. »

William se retint de répondre. Sa femme, Mary, était toujours là, il la retrouvait tous les soirs, elle et les enfants. Elle était insupportable depuis qu'elle avait accouché du dernier six mois plus tôt, un vrai dragon. Mais elle était présente, chaque jour de sa vie. Il ne savait pas ce que c'était, en effet, que de se retrouver seul avec un enfant sur les bras et une entreprise à faire tourner en même temps.

S'il avait pu, il aurait fait revenir la femme de son associé d'un coup de baguette magique. Mais Elisabeth semblait avoir mûri son abandon depuis trop longtemps pour que Jacob puisse espérer qu'elle revienne.

« Ce n'est pas une vie pour ta petite, Jacob. Tu as un seul gosse, moi j'en ai trois. Crois-en mon expérience : les enfants ont besoin de jouer, de s'aérer. Il faut qu'ils se défoulent, qu'ils voient d'autres enfants. C'est mauvais pour

Allyson de rester tous les jours enfermée dans un bureau.
- Je sais tout ça. Tu me prends pour un imbécile ?
- Non. Je ne me le permettrai jamais. D'ailleurs je ne devrais même pas avoir à te le dire.
- J'en prends note, tenta de conclure Jacob.
- Sinon, tu as pensé aux colonies de vacances ?
- Elle n'a que trois ans, elle est trop petite, soupira-t-il. Et je ne confie pas ma fille à n'importe qui.
- N'importe quoi ! Ce sont des professionnels qui s'occupent des enfant, qu'est-ce que tu crois ? Qu'on recrute les animateurs dans les centres pour toxicomanes ?
- Non. Mais je n'ai pas confiance, c'est tout.
- Et tes parents ? Ils seraient contents de voir la petite un peu plus, non ?
- Ça c'est leur problème. Ils n'avaient qu'à pas déménager au Canada.
- Je comprends. Et ta grand-mère ?
- Hors de question.
- Pourquoi ?
- Elle habite à plus de trois cent kilomètres.
- Et alors ?
- C'est trop loin.
- Jacob, ce que tu peux être psychorigide, il n'y a aucune solution avec toi ! Tu lâches du lest un peu quelques fois ?
- Tu parles comme Elisabeth. »

William baissa les yeux. Jacob l'ignora, retournant à ses papiers comme si son associé n'existait plus.

« Je suis désolé. »

William ne l'était qu'à moitié, en réalité. S'il culpabilisait d'avoir blessé son ami, il était intimement persuadé qu'Elisabeth n'avait pas quitté Jacob sans raison. Son inflexibilité, sa rigidité devaient faire de lui quelqu'un de trop austère à vivre. Déjà, au travail, il frôlait parfois les limites du tolérable, alors William devinait que cela devait être mille fois pire dans le quotidien. Cependant jamais il n'oserait faire remarquer à Jacob qu'il avait sans doute mérité son célibat forcé. Jacob lui faisait beaucoup de peine. Et il savait qu'il mettait un point d'honneur à ne jamais montrer qu'il souffrait.

« Excuse-moi Jacob, ajouta-t-il. C'est tous ces dossiers, ce putain de téléphone qui n'arrête pas, et l'idée de rester ici tout l'été sans partir... En plus de ça, Mary m'en fait voir de toutes les couleurs en ce moment. Elle ne retrouve pas son poids d'avant, depuis l'accouchement elle s'est mise au régime et du coup elle me hurle dessus dès que je mets un pied dans la maison. Avec ça les gosses sont déchaînés, et moi je suis crevé. »

Jacob continua de l'ignorer.

« Bon, oublie ce que je t'ai dit. Ta fille peut rester ici si tu veux. Mary part avec les petits chez ses parents la semaine prochaine, je serai plus en forme. Ça ne se reproduira plus. »

Il ramassa le dossier Spencer et sortit en prenant soin de refermer la porte le plus délicatement possible.

***

« Finis ta glace, Allyson. Papa est fatigué. »

Jacob reposa le journal qu'il lisait à côté de sa tasse de café vide. Allyson accéléra à peine le mouvement, attrapant chaque fois des portions de crème glacée de plus en plus minuscules dans sa cuillère. *À ce rythme, elle va finir par ressortir la cuillère sans plus rien dessus*, s'énerva-t-il tout seul.

Une famille nombreuse passa bruyamment devant leur table et sortit du Lake&Burger. Elle atterrit sur le parking, devant le lac où le soleil se couchait. Allyson regardait avidement par la baie vitrée. Les enfants se chahutaient sur le chemin de la voiture. L'un deux sortit une balle de baseball de sa poche et la lança à sa sœur avant d'être pressé par les parents de rentrer dans le monospace. Jacob observa l'expression de sa fille, fascinée par cette famille si vivante. *Tu as un seul gosse, moi j'en ai trois ... les enfants ont besoin de jouer, de s'aérer.* Le monospace démarra. Il suivit la route qui menait à la forêt de sapins. Allyson le suivit des yeux jusqu'à ce qu'il disparaisse. Lorsqu'il n'y eut plus d'autre bruit que la rumeur de l'établissement et quelques oiseaux au dehors, Allyson repoussa sa coupe de glace fondue pour indiquer qu'elle avait terminé de manger. Son père garda le silence un instant encore.

« Ça te dirait d'aller chez ma mamie pour les vacances ? »

11 juillet 1991

« Viens là que je t'embrasse ! Tu as fait bonne route ?
- Bonne je ne sais pas. Longue, c'est sûr. »

Le voyage avait été éprouvant. Trois cent vingt kilomètres dans la fournaise de la voiture. Jacob avait dû s'arrêter à sept reprises en tout, entre les fois où Allyson avait vomi, celles où il avait dû l'accompagner aux toilettes des stations-service, et celles où il avait juste eu besoin de café. Une fois arrivé dans le patelin de sa grand-mère, il s'était perdu à cause de travaux de voirie qui l'avaient privé de faire le chemin en automate. Au bout de quelques pâtés de maisons, il avait fini par retrouver la large rue calme et verdoyante, ses maisons paisibles et leurs pelouses impeccables. Il s'était garé dans l'allée et avait laissé jaillir Allyson de la voiture. Il avait commencé à s'étirer. Il sentait des courbatures lui traverser tout le corps. Et sa grand-mère avait accouru sur le seuil sans lui avoir laissé le temps de respirer.

***

« Qu'est-ce que tu regardes partout comme ça, Jacob ? Dis-moi ce que tu cherches, ça ira plus vite. »

Sans répondre, Jacob poursuivit son inspection des portes et des fenêtres de la maison de sa grand-mère. Il sortit sur le porche, vérifia les fermetures des volets, fit glisser les mains au-dessus de la porte d'entrée. Puis il fit le tour complet de l'extérieur de la maison et revint hirsute et transpirant devant sa grand-mère qui s'activait dans la cuisine. Allyson dévorait une tartine de gelée de coing posée devant un livre de coloriages.

« Enfin Jacob, mais qu'est-ce que tu fabriques ? Assieds-toi un peu, mange un morceau, tu ne vas pas repartir immédiatement tout de même !
- Tu n'as aucun système d'alarme ?!
- Non pourquoi ? C'est un quartier tranquille ici, je n'en ai pas besoin.
- Pas besoin ?! On a tous besoin d'un système d'alarme ! C'est vital !
- Ce n'est pas parce que tu fabriques des alarmes que tout le monde doit en avoir chez soi tu sais. Surtout qu'ici, on est vraiment en sécurité.
- On n'est jamais en sécurité nulle part figure-toi. On se croit bêtement en sécurité jusqu'au jour où il arrive une tuile, et là c'est trop tard !
- Jacob, calme-toi et assieds-toi s'il te plaît. Je n'aime pas te voir énervé comme ça.
- Je te rappelle qu'un enfant a déjà été enlevé dans ce quartier ! » éructa Jacob.

Sa grand-mère posa vivement un doigt sur ses lèvres en lui adressant un regard de reproche. Elle s'approcha de lui et baissa la voix. Allyson poursuivait le remplissage d'un dauphin au crayon bleu, imperturbable.

« Tu vas effrayer la petite.

- Mais non, elle ne sait pas ce que ça veut dire, elle a trois ans.
- Les enfants comprennent bien plus de choses qu'on ne se l'imagine.
- Peut-être mais je m'en fous. Un enfant a été enlevé ici, c'est tout ce dont je suis sûr.
- C'était il y a plus de trente ans, mon garçon ! Je sais que c'est effroyable, mais ça arrive dans toutes les villes du monde. Et c'est une vieille histoire ! Plus personne n'en parle depuis bien longtemps dans le voisinage.
- Ah oui ? On oublie vite les drames ici. Fais-moi penser à emménager, je vends tout, je fais mes cartons tout de suite.
- C'est une histoire qui date, et tu as trop bonne mémoire, c'est tout. Si ça peut te rassurer, et c'est une façon de parler bien sûr, aucune alarme n'aurait sauvé cet enfant. Il s'était aventuré dehors sans surveillance d'un adulte comme tu le sais. Et il a sans aucun doute fait une mauvaise rencontre. Il n'a pas été enlevé dans sa maison. Allyson ne craint rien ici, si c'est ce que tu insinues.
- Si tu le dis... lâcha Jacob qui avait l'air tout sauf convaincu.
- En revanche oui, ça me plairait que tu viennes habiter par ici. Mais tu plaisantais, je le sais. Toi et ton maudis humour déplaisant, parfois...
- Pardon mamie, excuse-moi. »

Il s'autorisa à s'asseoir sur le tabouret. Sa grand-mère l'observa avec compassion.

« Tu n'as pas de nouvelles d'Elisabeth ?

- Non. Pas depuis qu'elle est partie.
- Tu n'en as jamais entendu parler ?
- Non ! cria-t-il presque. Excuse-moi, désolé, je ne voulais pas élever la voix.
- Ce n'est rien.
- Non, pour te répondre, elle est partie il y a un an, deux mois et trois semaines, maintenant. Elle a emporté toutes ses affaires, elle a laissé un mot dans la cuisine pour me dire que la vie avec moi lui était insupportable. Je n'en ai plus jamais entendu parler. Et elle ne reviendra pas.
- Je suis désolée mon garçon.
- Pas autant que moi.
- Je sais que c'était exagéré. Totalement injuste, même. Tu es une belle personne.
- Il faut croire que pas assez. »

La vieille femme ne sut que répondre. Elle savait que Jacob pouvait se montrer rigide et qu'il avait peu de fantaisie. Elle comprenait sans mal que la vie avec lui ne devait pas être une fête tous les jours. Que s'il avait de l'humour, il était narquois et agressif, qu'il ne souriait jamais sans raison valable. Elle savait que Jacob n'était pas quelqu'un de joyeux. Mais c'était avant tout parce que c'était un garçon sérieux, rigoureux. Si elle pouvait à peu près comprendre, sans l'approuver cependant, que l'on quitte un mari austère, elle regrettait que cela tombe sur Jacob. Car avant d'être son petit-fils, Jacob était quelqu'un de bien.

***

« Tu es sûr que tu ne veux pas rester dîner ?
- Certain.
- Ton honnêteté, parfois... Elle est un peu abrupte.
- Pardon mamie. »

Jacob était fatigué de s'excuser. Il avait l'impression que chaque phrase qui sortait de sa bouche était faite pour blesser en dépit de sa volonté. Il aurait aimé savoir enrober ses réponses de miel, y rajouter cinq couches de caramel pour que ce soit plus sucré à l'oreille, mais il ne savait pas faire ça. C'était un truc d'homme politique ou de commercial. Il s'y était essayé, quelques fois, mais ça sonnait faux, ça se voyait et c'était pire.

« J'ai beaucoup de route à faire, ajouta-t-il. Je retourne au bureau demain matin et je me sens déjà épuisé.
- Sois prudent alors.
- Promis. »

Il monta l'escalier pour aller embrasser sa fille. Sa grand-mère l'avait installée dans la chambre qu'il occupait, petit, au bout du couloir. Il ouvrit la pièce plongée dans la pénombre. Rien ou presque n'avait changé depuis son enfance. Le papier peint bleu foncé était toujours le même, se décollant discrètement par endroits. Les mêmes meubles étaient restés aux mêmes places. L'étagère pleine de livres pour enfants le long du mur, l'armoire en bois à côté de la porte, la chaise à bascule en osier au milieu. Et, près de la fenêtre, le lit étroit. Seuls les draps lui semblaient neufs. Il souleva le rideau épais et regarda en bas.

Le jardin public était désert, les attractions endormies sous le halo des réverbères. Il scruta l'aire de jeux un instant, puis tira les rideaux.

Allyson dormait déjà. Allongée sur le dos, sa faible respiration soulevait la couette. Ses deux poings fermés reposaient sur l'oreiller. Jacob sentit sa gorge s'enfler de douleur. Il aurait voulu lui dire au revoir avant qu'elle ne s'endorme, la soulever et la serrer contre lui. Mais il ne voulait pas la réveiller. Si elle se mettait à pleurer en le voyant partir, il en aurait le cœur en miettes. Et il ne le souhaitait pas.

***

Il alla dire au-revoir à sa grand-mère qui l'embrassa bruyamment.

« Ne t'inquiète de rien, Allyson est entre de bonnes mains. Je lui ai déjà préparé tout un programme.
- Je te fais entièrement confiance. Je t'appellerai tous les jours.
- Bien entendu.
- Merci encore.
- Je t'en prie... Je suis tellement contente de l'avoir, si tu savais. »

Jacob eut un sursaut de pitié. Si Willam n'avait pas fait une crise l'autre jour, s'il n'avait pas fini par lui donner raison sans le lui avouer, sa grand-mère aurait passé l'été seule, à lui réclamer sans arrêt la petite, qu'il avait jusque-là toujours refusé de lui confier.

C'est un mal pour un bien, pensa-t-il. *Un mal pour moi. Un bien pour tout le monde.*

***

Il démarra en agitant la main en direction de sa grand-mère et tourna à l'angle. Il roula une dizaine de mètres avant de s'arrêter, hors de vue. Il sortit de la voiture et traversa la rue. Il tenta d'ouvrir la porte en fer grillagée du jardin public. Elle était cadenassée pour la nuit. Il regarda autour de lui, s'assura que personne ne pouvait le voir. Il enjamba la barrière qui délimitait le square et pénétra dans l'aire de jeux.

Rien n'avait changé, ici non plus. Les attractions étaient restées plantées aux mêmes emplacements. Çà et là, des panneaux de bois avaient été remplacés, des poteaux de portiques avaient été renforcés et les jeux, repeints depuis son enfance, recommençaient à s'écailler à la surface. Il fit tourner la toupie. Elle grinçait toujours. Il parcourut des yeux le portique aux deux balançoires suspendues à des chaînes, les deux toboggans usés au milieu, là où des centaines d'enfants s'étaient laissés glisser des centaines de fois, la balance sous laquelle la terre était creusée à force d'impacts, les trois chevaux sur ressorts, et le bac à sable d'où émergeaient quelques brindilles.

Ils ne sont pas là. Ils ne reviendront plus.

12 juillet 1991

Il était deux heures lorsqu'il traversa la ville endormie. Il la longea par le lac. La vue de l'eau calme et sombre l'apaisait. Arrivé au bout, il tourna sur le chemin et avança, là où les maisons entourées de jardins s'espaçaient le plus les unes des autres. Il s'arrêta devant la sienne.

Il entra en traînant des pieds. Il prit une douche rapide et sortit du frigo la canette de bière glacée dont il avait rêvé tout le trajet du retour durant. Il alla la boire sur le porche. Il froissa le métal dans sa main avant de rentrer.

Il n'activa aucune alarme, ne ferma aucun volet. Le portail était resté ouvert. Il ne ferma même pas la porte à clé. Il s'en fichait éperdument. Maintenant qu'il était seul, il n'avait personne à protéger.

***

« C'est pour vous, Monsieur. Votre grand-mère.
- Merci Sandra. »
    Jacob prit la ligne.
    « Allyson va bien ?
- Bonjour Jacob.
- Oui, pardon. Bonjour mamie. »

Il laissa passer un silence pour ne pas paraître trop agressif, mais sa grand-mère parla avant lui.

« Tout va bien, oui. Allyson a bien dormi, et elle n'a pas pleuré. Du moins pas encore. Elle a compris qu'elle allait rester avec moi un moment mais elle est trop jeune pour avoir la notion du temps.
- Elle me réclame ?
- Pas pour l'instant.
- C'est agréable à savoir.
- Ne fais pas l'idiot.
- J'éviterai cette question à l'avenir.
- Bien sûr que tu lui manques, Jacob.
- Oui oui, ça a l'air... Bon, qu'est-ce que vous allez faire aujourd'hui ?
- Je l'emmène faire des courses ce matin. Cet après-midi, nous irons au square. J'ai quelques amis qui gardent leurs petits et arrière-petits-enfants, eux aussi. On s'est donné rendez-vous là-bas. Allyson va bien s'amuser.
- Au square ? Quel square ?
- Enfin comment, quel square ? Celui en face de la maison voyons ! »

Jacob se mit à transpirer. Il déglutit avec difficulté. Il avait la gorge sèche. Le combiné manqua de glisser de sa main moite.

« Il n'y a pas d'autres squares ? ... Des mieux ?
- Il y en a quelques-uns, mais pour celui-ci il n'y a qu'à traverser la rue, ce serait stupide de traverser toute la ville.

- D'accord, mais... vous allez vraiment faire ça ? ... Je veux dire... enfin... il y a sans doute d'autres choses à faire. Il y a un parc avec des manèges à côté de l'église, je crois. Et il me semble qu'il y a aussi un petit zoo, ça pourrait être amusant et...
- Jacob, le coupa la vieille femme. Je sais qu'il y a d'autres choses, d'autres endroits pour les enfants, heureusement d'ailleurs, et je compte bien emmener Allyson partout les jours qui viennent. Alors par pitié, fais-moi confiance : elle ne s'ennuiera pas.
- Ce n'est pas ça, je sais bien qu'elle va s'amuser.
- Alors quel est le problème ?
- C'est le square. Le square juste en face.
- Comment ça ? Qu'est-ce qui ne va pas avec cet endroit ? »

Jacob hésita à répondre. Son aïeule comprit et poussa un soupir exaspéré.

« Tu es obsessionnel, mon garçon.
- Non, je suis objectif.
- Je ne veux plus entendre parler de cette disparition d'il y a trente ans ! Cela n'avait certainement rien à voir avec ce maudit square ! »

Jacob mit sa tête dans ses mains. Il essuya la transpiration qu'il avait sur le visage du revers de sa chemise.

« Tu as raison, mamie.
- Merci de me croire.
- Alors une dernière chose : promets-moi de ne pas la quitter des yeux. Pas une seule seconde.

- C'était dans mes projets. »

Il savait qu'elle avait raccroché énervée. Et lui n'était pas tranquille.

**

Plus tard en fin de journée, il appela chez sa grand-mère et tomba sur le répondeur. Il recomposa le numéro seize fois en une heure et ne laissa aucun message. La vieille femme ne décrocha qu'au dix-septième coup de fil et lui passa Allyson qui amorça quelques syllabes dans le combiné.

Tout allait bien.

16 juillet 1991

Les jours passèrent à raison de dix coups de fil par jour entre Jacob et sa grand-mère. Celle-ci avait protesté au début, manifesté son mécontentement d'être ainsi harcelée. Mais elle avait été rattrapée par sa bienveillance et fit preuve d'une extrême patience face aux recommandations paranoïaques de son petit-fils et à ses questions incessantes. Il ne se calmait que lorsqu'elle l'avait rassuré une demi-douzaine de fois et qu'il avait pu entendre la voix de sa fille au téléphone. Après cela, elle raccrochait toujours d'une voix lasse.

« Ferme ses volets, lui avait-il demandé. Je ne veux pas qu'elle regarde par la fenêtre la nuit.
- Pourquoi ça ?

- Fais ce que je te demande, s'il te plaît. Si les volets de sa chambre ne ferment pas, installe-la dans une autre pièce pour dormir.
- Jacob... Tu es absurde.
- Peut-être, mais fais-le pour moi s'il te plaît.
- Entendu », avait-elle déclaré pour le rassurer.

Elle n'en fit rien, cependant. Nul besoin de céder aux délires de son petit-fils lorsqu'il se trouvait bien trop loin pour vérifier.

***

Jacob noyait le manque de sa fille dans le travail. Elle était mieux là où elle était. Elle passait de vraies vacances de petite fille de son âge. William avait eu raison, même si cela lui coûtait de l'admettre.

Alors il s'acharnait sur ses dossiers, s'occupait de ses clients et se partageait avec William les tâches de Sandra partie en voilier avec son fiancé. Elle leur avait envoyé une carte postale qui leur fit regretter leur choix de travailler cet été. Les techniciens, en effectifs réduits pour cause de congés, ne cessaient leurs allées et venues chez les clients. On étouffait de chaleur, dans les locaux de J&W Security.

Le soir, Jacob s'arrêtait au Lake&Burger, s'installait seul dans un box pour quatre et étalait son journal sur la table en mangeant avec appétit. Puis il rentrait, téléphonait à sa grand-mère. Il buvait une bière sur le porche avant sa douche et montait dormir toutes fenêtres ouvertes.

Il pensait à Elisabeth, parfois. Il se demandait si elle reviendrait un jour. Ensuite il augurait que non, qu'elle ne reviendrait jamais. Et que penser à elle était une mauvaise idée.

18 juillet 1991

William entra sans prévenir dans le bureau de Jacob, en sueur et manifestement au comble de l'exaltation. Un état de joie qui se fit plus précis lorsqu'il poussa un cri de victoire en levant les bras sous les yeux interrogateurs de son associé. Il était cinq heures de l'après-midi, il n'y avait eu aucun match prévu aujourd'hui, aucun tirage du loto, bien que Jacob ne s'imaginait pas William s'aventurer au jeux de hasard.

« Qu'est-ce qu'il t'arrive ? Ça va ?
- Ça va mieux que jamais mon pote !
- Tu peux m'éclairer sur ton état ?
- Ma femme ! Elle est partie !
- Quoi ? Mary ? Qu'est-ce que... »

Jacob se leva, abasourdi. Comment pouvait-on se réjouir d'être quitté par sa femme sans rien qui l'ait laissé présager ? Il eut peur, soudain, pour la santé mentale de son ami.

« Will, attends, assieds-toi deux minutes, tu veux, on va...
- Elle est partie ! jubila son ami. Dix jours chez sa mère avec les gosses ! Je suis liiiiiiibre !

- Ah ! D'accord, c'est ça ! Tu m'as foutu les jetons. »

Rassuré, Jacob se laissa retomber sur son fauteuil et se massa le crâne. William avait entamé ce qui ressemblait à une chorégraphie disgracieuse censée exprimer la joie et la liberté.

« Dix jours de paix, tu te rends compte ?
- Je connais ça oui.
- C'est le plus beau jour de l'été, soupira William en ignorant le sarcasme de son ami. Ce soir on fête ça ! On sort ! »

***

« On est pas mieux sans les gonzesses franchement ?
- Tu as assez bu je crois, non ?
- Assez bu ? Enfin mais on vient d'arriver. Chef ! Un autre s'il vous plaît ! »

William tendit son verre vide en direction du barman qui le lui remplit de whisky. C'était le troisième, et William ne buvait pas souvent. Outre son euphorie non contenue, Jacob redoutait surtout que son associé vomisse dans sa voiture en repartant du Joyce Pub.

« Tu te rends pas compte, la paix que j'ai… Enfin jusqu'à son retour.
- Je m'en rends bien compte.
- Ouais, toi au moins t'as de la chance, ta femme elle est partie.
- T'es con.
- Oh ça va hein ! Si on peut plus rigoler…
- Je te préviens c'est ton dernier verre. »

Jacob laissa son ami déverser ses inepties, il savait qu'il n'en pensait pas un mot, que l'alcool lui rendait l'humour lest. Il se demanda comment Will aurait vécu l'abandon de Mary et était persuadé qu'il s'en serait sorti beaucoup plus douloureusement. À cette pensée, Jacob remarqua qu'il ne souffrait plus tellement, qu'il ne ressentait que peu d'émotions, à vrai dire. Tandis que Will s'envoyait une longue gorgée de whisky, Jacob se demandait s'il n'était pas devenu un monstre. Et pour chasser cette idée, il termina son verre et en commanda un deuxième.

***

À vingt-trois heures trente, Jacob décida de déboutonner le col de sa chemise. Assis en face de lui dans un box du pub, William en était déjà au cinquième bouton défait. Et sous l'insistance de Jacob, il avait fini par accepter de manger quelque chose pour absorber ses verres. Il dévorait des ailes de poulet sans se faire prier après les avoirs immergés dans la sauce.

L'établissement se remplissait progressivement de trentenaires plutôt élégants venus se débrailler, et de jeunes femmes qui commandaient des verres de vin.

« Elle est pas mal celle-là, là-bas.
- Ouais, fit Jacob sans même se retourner.
- T'es tout seul, t'es célibataire, profite un peu ! Moi à ta place …
- Oui, oui, le coupa-t-il sèchement. J'ai pas de mal à imaginer ce que tu ferais à ma place.

- T'es pas drôle.
- En effet. C'est d'ailleurs pour ça que je suis seul. Et que je le reste. »

Will engloutit cinq frites qu'il fit descendre avec un verre d'eau pétillante. Il reposa le verre, l'air sérieux.

« T'as pas peur de mourir seul ?
- Non.
- Tu sais, parfois je t'admire, soupira-t-il. T'as peur de rien en fait. T'es juste un peu… comment dire… angoissé, parfois. Mais t'as peur de rien, fondamentalement.
- Détrompe-toi.
- T'as peur de quoi, par exemple ? demanda-t-il en portant son verre à ses lèvres.
- Des monstres. »

Will recracha de l'eau par le nez, s'étouffa et explosa de rire.

« QUOI ?!
- Je plaisante pas.
- Ahahahahahahah ! T'es pas sérieux !
- Tu me poses une question, je te réponds.
- N'importe quoi, fit William, hilare. Fais gaffe y en a un qui fait grave flipper derrière toi ! »

Jacob se retourna sur l'homme dégarni d'une cinquantaine d'années qui sortait des toilettes pour hommes avec la braguette ouverte.

« Quel humour…
- Arrête ahah tu vas me tuer ! T'en as déjà vu au moins ?
- Je crois oui, quand j'étais gosse.
- Bon allez, là c'est toi qui arrêtes de boire, tu m'inquiètes. »

Jacob haussa les épaules avec un sourire triste tandis que William faisait doucement taire ses rires alcoolisés. Si son ami ne s'était pas moqué, l'alcool aidant, Jacob lui aurait peut-être avoué que sa peur était à l'origine de sa vocation.

Il lui aurait révélé que s'il avait choisi de devenir ingénieur pour concevoir des systèmes d'alarme, c'était pour se protéger des monstres.

***

Jacob eut quelques difficultés à faire sortir William de sa voiture.

« Allez, un pied, c'est bien, l'autre maintenant. Mais ?!... T'as qu'une chaussure ? Elle est où l'autre ?
- Dans le coffre ?
- Bon, allez c'est pas grave, accroche-toi. »

Il hissa William hors de l'habitacle et l'aida à tituber jusque sous le porche de sa maison vide.

« T'es mon meilleur ami, lui avoua ce dernier d'une voix éraillée. Le meilleur. Quoi qu'il arrive, mon pote. Je serai toujours là pour toi.
- Pareil, » répondit sobrement Jacob.

Les effusions le mettaient mal à l'aise, il n'était pas doué pour ça.

« Merci de m'avoir déposé », ajouta William.

Sans se douter que ce serait la dernière fois.

***

Ce soir-là, Jacob décida de fermer la porte à clé pour la première fois depuis qu'Allyson n'était plus là. Il était près de deux heures du matin. Il avait bu plus qu'à son habitude et ne rêvait que d'une douche fraîche et de ses draps propres.

Il aperçut son répondeur clignoter sur le comptoir de la cuisine. Ahuri, il prit conscience qu'il n'avait pas pensé à sa fille une seule minute de la soirée, et c'était bien la première fois que cela lui arrivait depuis qu'il l'avait confiée à sa grand-mère. Il en fut d'autant plus surpris qu'il se rendit compte, après coup, qu'il venait de passer une soirée agréable, malgré l'éthylisme de William. Il remarqua qu'il s'était amusé, n'avait pensé à rien ou presque, avait lâché prise. Il avait tout simplement passé une soirée heureuse. Et cela ne lui était pas arrivé depuis bien des années.

Ce fut presque à regret qu'il traîna des pieds vers le téléphone. Il appuya sur un bouton qui libéra la voix de sa grand-mère :
« Mon chéri, c'est moi. J'ai essayé de t'appeler plusieurs fois dans la soirée mais tu n'es manifestement ni chez toi ni au bureau, alors j'ose espérer que tu es sorti t'amuser. Juste pour te dire que tout va bien, comme d'habitude. J'ai mis Allyson au lit depuis longtemps, elle dort, je viens d'aller vérifier. Je voulais te dire... enfin... je

suis vraiment heureuse que tu me l'aies amenée, j'espère que tu me la confieras plus souvent... »

Jacob sourit et acquiesça, comme si elle avait pu le voir. Il songea sincèrement qu'au vu du succès de cette garde et du temps qu'il pouvait prendre pour s'aérer un peu, il laisserait volontiers Allyson en pension chez sa grand-mère à l'avenir. Elle était encore jeune et vaillante et savait encore parfaitement s'occuper d'enfants.

« ...C'est une enfant adorable, polie. Tu l'as vraiment bien élevée, tu as été courageux. Je dois dire que je suis très fière de toi. Elle est tellement sage, c'est incroyable. C'est même drôle, tu sais, elle ne joue pas beaucoup. Parfois, on dirait que les jeux ne l'amusent pas, qu'elle est trop sérieuse pour ça. Comme si elle voulait grandir trop vite, devenir adulte avant l'heure. Un peu comme toi quand tu étais petit. »

Jacob blêmit. Dans l'appareil, il entendit la vieille femme soupirer.

« Enfin... voilà pour aujourd'hui mon garçon. On se rappellera demain. Je te souhaite une bonne nuit. »

Un *bip* retentit, puis la bande sonore se rembobina. Jacob l'interrompit et appuya sur le bouton. *Elle ne joue pas beaucoup. Parfois, on dirait que les jeux ne l'amusent pas ... bip ... on dirait que les jeux ne l'amusent pas ... bip ... les jeux ne l'amusent pas.*

Jacob se mit à trembler. Il sentit ses jambes se dérober sous lui et s'accrocha des deux mains au comptoir de la cuisine pour ne pas tomber. Il transpirait abondamment. Il avait dessaoulé d'un coup. Il se redressa, ouvrit grand les yeux et aspira l'air d'un coup. Il avait oublié de respirer.

Sans prendre le temps de se calmer, il attrapa ses clés de voiture et jaillit hors de la maison.

Allyson. Il fallait qu'il aille la chercher.

***

Il s'engagea sur l'autoroute et ignora les limitations de vitesse. Il était presque seul sur le large ruban d'asphalte éclairé par la lune. Il avait la bouche sèche, le sang frappait comme un tambour dans ses tempes. Il baissa sa fenêtre afin de mieux respirer.

Ils sont revenus.

Ce n'était pas son imagination, il n'y avait plus aucun doute, malgré l'incohérence, le flou du souvenir. Allyson avait dû les voir, elle aussi, en regardant par la fenêtre, comme lui-même l'avait fait à son âge. Il ne se souvenait pas combien de fois il avait écarté les rideaux de la chambre étroite, cet été-là. Il se souvenait juste de la première fois qu'il les avait vus. Et que, dans la foulée de ces jours d'été, un enfant avait disparu.

Cela avait été une journée chaude. Il se rappelait avoir mangé une glace qui avait fondu de son cornet. Il avait eu les mains poisseuses tout l'après-midi durant, et avait joué dans le bac à sable où les grains n'avaient cessé de lui coller aux doigts. Il revoyait son grand-père, encore vivant à l'époque, lui faire prendre son élan sur la balançoire du square à côté de la maison. Le grincement des chaînes de métal produisait une mélodie aiguë et régulière. *Criiic ... criiic ...* Le soir, sa grand-mère l'avait couché et lui avait lu une histoire où il était question d'une petite fille qui se retrouvait dans la maison d'une famille d'ours. Il s'était très vite endormi.

Puis il avait entendu le bruit. *Criiic ... criiic ...* Cela ne se pouvait pas. Il savait que le square était fermé, le soir, que personne ne pouvait venir jouer la nuit, car c'était l'heure de dormir. Son grand-père le lui avait bien expliqué.

Criiic ... criiic ... Pourtant, il l'entendait. Ce devaient être des *jeunes*, ses grand-parents parlaient souvent d'eux. *Les jeunes sont mal élevés, ils sortent souvent la nuit.* Alors ... *Criiic ... criiic ...* Ce devaient être ces fameux *jeunes*. Des malpolis qui faisaient de la balançoire lorsque les gens corrects dormaient. *Criiic ... criiic ...* Ce devait être très amusant, n'empêche, de faire de la balançoire pendant la nuit. *Criiic ... criiic ...*

Fasciné, Jacob s'était redressé sur son lit. Il s'était agenouillé dans un froissement de draps sur le bord du matelas. Il avait écarté le rideau.

Et il les avait vus.

Ils se balançaient tranquillement sur les plateaux de bois, tournaient en silence sur la toupie. On ne les entendait pas, seuls les jeux qu'ils utilisaient grinçaient faiblement, sous l'allure placide à laquelle ils les utilisaient. Ils avaient des mouvements lents, paisibles, à l'inverse de la turbulence des enfants qui venaient jouer ici le jour levé.

La lueur de la lune, l'éclairage faible du réverbère du coin de la rue leur donnaient un aspect luisant. Leurs corps étaient fins et grands, d'une étroitesse anormale, des silhouettes pas plus épaisses que des poteaux de fils électriques. Leurs jambes et leurs bras longilignes étaient immenses. S'ils déployaient les bras en entier, ils touchaient le sol. Leurs longues têtes chauves étaient d'un ovale anormal, un ovale terrifiant. Leurs doigts semblaient ne pas finir. Leur peau lisse était d'un beige indéfinissable, un beige de cuir de voitures, avec un aspect sec et humide à la fois. Ces êtres étaient semblables à des arbres gluants, des arbres luisants. Ils se balançaient, et tournaient, se balançaient, tournaient sans bruit.

Glacé de stupeur et d'effroi, Jacob avait rabattu le rideau, s'était enfoui sous les couvertures et s'était bouché les oreilles. Au bout de ce qui lui avait semblé être une éternité, il avait décidé de risquer un œil par la fenêtre, le cœur battant à tout rompre. Le parc était désert.

Chaque nuit de cet été-là, ou presque, il les avait entendus. *Criiic ... criiic ...* Quand venait le bruit, il hésitait, terrifié, à aller regarder. Mais la fascination achevait de l'emporter sur la peur.

Alors il soulevait le rideau. Et il les voyait. Ils se balançaient, tournaient. Il rabattait le rideau avec précipitation.

S'ils le surprenaient, ils viendraient le chercher.

Jacob n'en dit pas un mot à ses grands-parents. Mais depuis la première nuit où il les avait vus, il était glacé à l'idée d'aller au square. À partir de cette première nuit, il avait cessé de jouer.

Parfois, on dirait que les jeux ne l'amusent pas...

Cet été-là, un enfant avait disparu. Dès lors, Jacob n'avait jamais revu les créatures se balancer au square. Elles l'avaient sûrement emmené avec elles. Le gosse avait dû les voir, et elles l'avaient fait disparaître.

Jacob enfonça l'accélérateur.

***

Il était cinq heures du matin lorsqu'il se gara devant chez sa grand-mère. Le quartier était profondément endormi. Jacob sortit en trombe de la voiture et alla tambouriner à la porte avant de se décider à sonner une fois, deux fois, puis laisser son doigt appuyé en continu sur la sonnette.

Dans la maison d'en face, une fenêtre s'éclaira et un voisin en pyjama souleva un rideau, alerté par le bruit.

« Hé ! Qu'est-ce qu'il se passe ici !? »

Jacob l'ignora.

« Mamie ! Ouvre ! C'est moi ! »

Il frappait de ses deux poings sur la porte. Si fort qu'il n'entendit pas les pas s'approcher dans le vestibule. La porte s'ouvrit, et la grand-mère apparut en robe de chambre rose pâle dans son encadrement, décoiffée, l'air ahuri.

« Jacob mais qu'est-ce...
- Je viens chercher Allyson », cria-t-il en manquant de renverser la vieille femme.

Il fonça dans les escaliers. Sa grand-mère appliqua une main sur son cœur dans l'espoir d'en faire diminuer les battements affolés.

« On est au milieu de la nuit, bon Dieu, Jacob, tu es complètement fou ! » lança-t-elle d'une voix affaiblie par l'angoisse.

Il monta les marches quatre à quatre et courut dans le couloir. Il faillit trébucher, se rattrapa en plaquant les mains sur le mur et avança de plus belle. Il ouvrit la porte de la chambre d'enfant d'un geste si brusque qu'il la brisa contre le mur.

La pièce était plongée dans le noir. Le lit était défait.

Il était vide.

21 juillet 1991

« Ça fait quinze fois que je réponds aux mêmes questions, mes réponses ne vont pas changer, s'excita Jacob. On perd un temps fou alors que vous devriez être en train de chercher ma fille.
- Calme-toi, Jacob, l'empressa sa grand-mère. Ces messieurs sont là pour t'aider, pas pour te tourmenter. »

Elle adressa un regard silencieux aux deux enquêteurs, les priant de faire preuve d'indulgence. Ce qui s'avérait compliqué, car le manque de sommeil, la panique et le désespoir rendaient incohérents certains propos de son petit-fils. Le plus grand des deux policiers acquiesça, prit une longue inspiration en passant le plat de sa main sur le comptoir de la cuisine, comme si cela allait l'aider à trouver la patience et les mots.

« Comprenez, Monsieur, que la piste la plus cohérente que nous pouvons explorer pour le moment est l'hypothèse que votre fille a été enlevée par sa propre mère.
- Ce n'est pas Elisabeth, coupa Jacob.
- Vous êtes persuadé que nous faisons fausse route et malheureusement je ne parviens pas à vous convaincre. Mais vous devez savoir que dans de très nombreux cas de disparitions d'enfants élevés par un seul parent, le ravisseur se trouve être l'autre parent.
- Pas dans celui-ci. Je n'ai aucun lien avec ma femme. Elle a déserté, elle n'a rien laissé, ni

numéro de téléphone, ni adresse, rien. Je n'ai plus aucun contact avec elle depuis son départ, je vous l'ai dit mille fois. Et si elle avait voulu enlever notre fille, comment aurait-elle su qu'elle était chez sa grand-mère ? Elle n'a jamais foutu les pieds dans ce bled, et c'était la première fois qu'Allyson séjournait ici.
- Nous sommes en train de chercher votre femme. Je vous propose d'attendre de l'avoir retrouvée et interrogée avant de confirmer votre hypothèse. »

***

Jacob était recroquevillé sur le lit d'Allyson. Il avait erré toute la journée dans les rues à sa recherche. Son corps tenait à peine sur le matelas. Dormir était impensable, il gardait les yeux grands ouverts dans le noir. Au bout du couloir, à travers les murs, il entendait sa grand-mère pleurer dans sa chambre.

Il se redressa et regarda le square par le fenêtre. Il n'y avait rien.

22 juillet 1991

Le policier examina Jacob. Ce dernier portait une barbe inégale de trois jours, il était débraillé et avait l'air hagard, comme sous l'emprise de drogues.

« Nous avons retrouvé votre femme, Monsieur.
- Ah oui ? »

Jacob ne semblait aucunement s'émouvoir de cette nouvelle. Un silence s'installa dans la cuisine baignée par le soleil matinal. Silence durant lequel l'intéressé ne demanda ni si sa femme détenait leur fille, ni où elle résidait à présent, ni ce qu'elle devenait. L'enquêteur et son collègue toisèrent Jacob dans l'attente d'une réaction qui ne vint pas. Il gardait une expression fermée, où l'on pouvait deviner un relent de haine. Sa grand-mère, les yeux cernés de douleur et d'angoisse, posa une main sur les bras croisés de Jacob et esquissa un murmure d'encouragement.

« Jacob, tu...
- Ta gueule, mamie. »

Les deux enquêteurs se figèrent de stupeur. La vieille dame, aussitôt, fondit en sanglots et s'enfuit dans le jardin de derrière aussi vite que lui permirent ses articulations, la lourdeur de son corps fatigué. Elle semblait avoir vieilli de dix ans ces deux derniers jours.

S'en suivit un nouveau blanc durant lequel Jacob ignora cordialement le regard noir et persistant des policiers. Il gardait les bras croisés, se bornant à fixer le mur. Sa mâchoire s'agitait discrètement d'un tic nerveux où l'on devinait une rage contenue.

« Votre femme ne souhaite pas que vous sachiez où elle réside. Manifestement, elle ne vous porte pas tellement dans son cœur.
- Je m'en tape.
- Bien. Cependant elle était très secouée par la nouvelle de la disparition de votre fille, et elle aimerait pouvoir vous joindre au téléphone. Nous lui avons nous-même assuré que nous la tiendrions au courant de l'avancée des recherches.
- Des recherches ? ... Ah oui... Parce que là par exemple, au moment où je vous parle, vous êtes en train de chercher ma fille, c'est exact ?
- Nous vous prions de bien vouloir garder vos sarcasmes pour les membres de votre famille, que visiblement, vous n'épargnez pas. Là c'est à la police que vous vous adressez.
- Je m'en tape. »

Les deux hommes en service se concertèrent du regard. L'un deux semblait contenir sa colère avec tout le mal du monde. L'autre, clairement exaspéré, lui adressa un geste d'apaisement. Son collègue prit sur lui et tenta de réguler sa respiration tandis que l'autre se tournait vers Jacob et hachait ses mots avec une patience qui n'avait rien de naturel.

« Donc, nous voudrions, avec votre permission, donner à votre femme un numéro de téléphone où elle pourrait vous contacter.
- Hors de question.
- Entendu, répondit le policier en gardant son calme. Nous la tiendrons informée nous-mêmes. »

Il griffonna quelques notes dans son calepin. Puis avisa de nouveau le visage bouillonnant de rage blanche de Jacob.

« Il y a quelque chose qui n'est pas très clair dans cette affaire, Monsieur.
- En effet. Ma fille a disparu, il me semble. »

Le policier sur le point d'exploser reçut un coup de coude de la part de son collègue. Il devenait de plus en plus rouge à chaque réponse de l'interrogé.

« Votre grand-mère, poursuivit-il.
- Elle n'a pas enlevé ma fille non plus.
- Certes. Bon. Je voulais dire que votre grand-mère nous a appris que la nuit de la disparition de la petite Allyson, vous avez fait irruption chez elle vers cinq heures du matin, complètement paniqué.
- Oui.
- Vous avez roulé plus de trois-cent kilomètres en pleine nuit sans prévenir pour venir chercher votre fille, est-ce exact ?
- Oui. »

L'enquêteur nota quelque chose, interrogea son collègue d'un coup d'œil et poursuivit.

« Par ce comportement plutôt inhabituel, on pourrait déduire que vous saviez que votre fille était en danger. »

Jacob garda le silence et fixait à présent quelque chose par la fenêtre. À travers l'encadrement des rideaux, à une quinzaine de mètres, des enfants jouaient bruyamment dans le square. Jacob eut un violent frisson et trois gouttes de sueur s'échappèrent de ses cheveux pour rouler sur son visage.

« Vous la saviez en danger ?
- Oui... »

Sa voix semblait faible et détachée de lui, comme si elle ne lui appartenait soudain plus.

« Qu'est-ce qui vous a laissé supposer qu'il fallait venir la récupérer en urgence au milieu de la nuit, Monsieur ?
- Ils allaient l'enlever », fit-il d'une voix mécanique.

L'un des policiers se pencha en avant, soudain très tendu. Son collègue retint son souffle.

« Qui ça, *ils* ?
- Les monstres beiges. »

26 juillet 1991

« Jacob, tu devrais manger quelque chose. »

La vieille femme entra timidement dans la chambre d'enfant. Jacob n'avait pas quitté la fenêtre depuis trois jours. Il n'avait ni mangé, ni dormi. Il ne s'était pas lavé non plus. Lorsque la police était revenue pour s'entretenir avec lui, sa grand-mère avait dû les faire monter à l'étage et les conduire jusqu'à la chambre. Jacob n'avait été capable de répondre que par des grognements. Les flics, conscients de son état hagard, avaient renoncé pour revenir plus tard. En se présentant à nouveau, ils s'étaient heurtés à la même problématique, et cela semblait empirer.

« Qu'est-ce qu'il guette à la fenêtre ? avait demandé l'un d'eux à la vieille femme.
- Il dit qu'il... »
Elle s'interrompit et s'essuya le nez avec le mouchoir en tissu brodé qui ne lui quittait plus les mains.
« Il dit qu'il attend les monstres du parc. Des foutaises d'histoires de croque-mitaine. »

30 juillet 1991

À dix-sept heures trente-deux précises en ce jour d'été caniculaire, hommes, femmes et enfants de tous âges qui s'étaient trouvés dans le jardin public quelques secondes plus tôt l'avaient intégralement évacué.

Dans l'urgence de la fuite, nombre d'entre eux avaient abandonné leurs effets personnels. Ils restaient de nombreux jouets en plastique échoués autour du bac à sable, une poupée gisant sous une balançoire encore en mouvement, une paire de lunettes écrasée par une course affolée, des cabas laissés sur les bancs, des goûters d'enfants livrés aux oiseaux.

Le square résonnait encore d'un concert de hurlements de panique. Et celui, plus net, d'une tronçonneuse.

Partout alentour des mères horrifiées couraient, traînant avec elles leurs enfants par la main. Les familles se dispersaient dans les rues alentour. Un vieil homme venu faire faire du toboggan à son petit-fils fut bousculé par une famille nombreuse. Il tomba et se brisa la hanche. La douleur le fit s'évanouir. Une adolescente attrapa son petit-fils hébété par la main et l'obligea à courir avec elle.

« Viens ! Vite ! Les secours vont s'occuper de lui en arrivant ! Dépêche-toi, il faut se mettre à l'abri ! »

Une patrouille de police émergea au tournant d'un bloc. Un homme tenant un nourrisson au creux d'un bras démesurément musclé agita l'autre en direction de la voiture.

Le shérif abasourdi demanda à son adjoint de freiner. Une quinzaine de passants affolés se ruaient en leur direction. L'homme qui tenait le bébé surgit à la fenêtre :

« Il y a un malade dans le parc ! »

***

Le vacarme interrompit brusquement la sieste de la vieille dame. Elle resserra les pans de sa robe de chambre, chercha ses lunettes et alla écarter le rideau en direction du bruit assourdissant qui venait de la rue.

Elle s'évanouit, lorsqu'elle vit son petit-fils massacrer le jardin public.

***

« Qu'est-ce que c'est que ça ! Faites venir des renforts ! »

Le shérif lâcha le talkie-walkie sur ses genoux.

Il y avait un homme aux yeux fous, au milieu du jardin public. Maigre et pâle, visage usé de fatigue à la barbe négligée, pantalon sale, sans chaussures, chemise ouverte maculée de sueur.

Autour de lui, les attractions pour enfants gisaient en pièces de bois inégales, décimées à la tronçonneuse. L'engin à la main pendant au bout de son bras, il regarda en direction de la voiture de police comme s'il ne la voyait pas. Il se tenait droit au milieu de son champ de bataille.

Le shérif s'apprêta à jaillir de la voiture. Son adjoint le stoppa net.

« N'y va pas, attends ! Regarde ! »

Autour du dément à la tronçonneuse, les attractions de bois saccagées, les bancs et le sol étaient parsemés d'un liquide huileux.

« On dirait que ce salaud a assaisonné tout le parc.
- Oh putain recule ! »

Le taré au yeux injectés de sang avait extrait un objet métallique de sa poche de sa main libre. Un objet qu'il manipula avec une satisfaction manifeste, l'air apaisé et heureux d'un artisan face à une tâche accomplie. Puis il jeta le briquet allumé à ses pieds. La traînée se propagea à toute vitesse.

Quelques secondes plus tard, ce qui restait du parc pour enfant fut dévoré par les flammes. Jacob au milieu.

12 mai 1992

William gara sa voiture dans le parking des visiteurs et remonta à pied l'allée bordée de buissons. Le parc était paisible et verdoyant. Quelques moineaux chantaient perchés sur les branches d'un arbre centenaire.
Il se dirigeait en automate vers le bâtiment principal lorsqu'il aperçut Jacob assis seul sur un banc en bois. Il vint vers lui. Jacob se tenait raide, fixant un arbre devant lui, les mains posées à plat sur l'assise du banc. William s'approcha et infligea une vive accolade à son ami dont il ne récolta aucune expression de surprise.
« Alors mon pote !? Tu sors enfin de ta chambre, ça fait plaisir ! »
Jacob tourna la tête vers lui et lui adressa un sourire. Il s'était rasé le matin même et sentait la lotion après-rasage. En l'absence de barbe, Will pouvait voir ce qu'il lui restait de brûlure au bas du visage, un pan de peau abîmée à jamais qui courait de l'oreille droite à la pointe du menton. Le reste de la figure avait été épargné par miracle. D'autres cicatrices étaient cachées sous les vêtements, des aspérités rugueuses qui s'étalaient sur la majorité du côté droit de son corps. Mais Jacob n'avait jamais paru ni s'en plaindre, ni en souffrir.

« Oui, répondit Jacob. Ça fait du bien d'être un peu dehors.
- T'es beau comme un astre en tout cas.
- Merci. Quoi de neuf ? »

William sourit de toutes ses dents. Enfin, pour la première fois depuis de longs mois, il retrouvait son ami, du moins une petite partie. Jacob s'exprimait normalement, répondait de façon cohérente et posait des questions. Il n'était plus question de monstres invisibles ni de quoi que ce soit.

« Je fais tourner la boutique. Pas facile sans toi mais bon, je ne me plains pas. Enfin, tu manques, vieux. Mais je suis content, t'as l'air en pleine forme. Quand est-ce que tu reprends du service ?
- Je ne sais pas encore. Bientôt, j'espère.
- Que disent les médecins ?
- Que j'ai l'air d'aller mieux. Ils ont diminué mon traitement. Heureusement, parce que ça m'assommait comme tu n'as pas idée.
- J'ai vu ça, oui. »

Will avait rendu de nombreuses visites à Jacob depuis son internement en institut psychiatrique. Des mois durant, il avait vu son ami s'abrutir sous l'effet des médicaments, après une période critique d'agitation délirante. C'était la première fois qu'il le trouvait ailleurs que prostré dans sa chambre ou errant dans une salle commune. Will lui posa une main sur l'épaule.

« Je ne peux pas me mettre à ta place, mon pote. Je ne peux pas m'imaginer ce que tu endures. Je ne sais pas ce que c'est que de savoir

que son enfant a disparu. Crois-moi, n'importe qui à ta place aurait craqué. Et t'imagines pas comment je suis heureux que tu retrouves tes esprits. Je ne te dis pas que ça va aller, ce serait mentir, mais tu dois continuer à vivre. Et vivre avec l'espoir de retrouver Allyson. Moi je suis là, je t'aiderai, autant que je peux. Tu pourras toujours compter sur moi et sur ma famille.
- Je sais, mon pote.
- Tiens, au fait, mes gosses t'ont fait un dessin. »

Will fouilla dans la poche de sa veste et en sortit une feuille de papier qu'il déplia avant de la lui tendre. Le papier était surchargé de tout un panel de gribouillages hétéroclites de maisons, d'objets, d'animaux et de personnages difformes. Jacob fronça les sourcils.

« Bon, c'est pas terrible esthétiquement mais je leur ai promis de te le donner. Te sens pas obligé d'accrocher ça dans ta piaule, je voudrais pas que ça te file des cauchemars. Personnellement les mélanges de couleurs ont tendance à me filer la gerbe mais je peux pas leur en vouloir, mes gosses ont pas encore fait les Beaux-Arts. »

Will s'en voulut immédiatement. Il repensa au nombre spectaculaire de dessins qu'Allyson avait faits l'été précédent au bureau. À la crise qu'il avait piquée, à la décision qu'avait pris Jacob de confier sa fille à sa grand-mère pour son propre confort égoïste. *C'est ma faute*, s'était-il accusé, effondré dans les bras de Mary de nombreuses nuits de ces derniers mois. *Si je n'avais pas fait mon caprice, Allyson n'aurait jamais disparu. Il a perdu sa fille unique à cause de moi !* Mary avait dû le bercer des heures durant, alternant le temps qu'elle passait à consoler son mari à celui qu'elle consacrait à calmer leur petit dernier qui faisait ses dents. *Ce n'était pas ta faute*, murmurait-elle.

Mais à aucun moment pourtant Jacob ne l'avait accusé de quoi que ce soit. *Tout simplement parce qu'il est complètement dans son délire,* pensait-il souvent. Mais à présent, les choses semblaient s'améliorer, et il ne décelait aucune trace de reproche, aucune animosité dans l'attitude de son ami envers lui. Il ne lui en voulait pas.

Jacob prit le dessin entre ses mains. Ce faisant, Will remarqua qu'elles ne tremblaient plus. Il n'y avait plus de doute possible. Son ami serait bientôt à nouveau d'attaque. Il savoura ce constat en observant son ami replier soigneusement la feuille de papier de gestes précis.

« Non, non, je vais le garder, répondit Jacob en glissant le dessin dans sa poche. Merci. Je le montrerai à Allyson quand elle viendra me voir ici. »

Will réprima un soupir de découragement. Il tenta au mieux de ne rien laisser paraître de sa consternation. Il ne savait pas quoi dire, ni pour consoler son ami, ni pour le raisonner. Si ses propos s'amélioraient, ils manquaient encore de sens.

« Pour l'instant, poursuivit Jacob, elle doit être dans un jardin public, à faire de la balançoire avec sa nouvelle famille, les gens beiges. Ils ont le corps tout fin, ils se glissent la nuit dans les aires de jeux. Elle est avec eux, tu sais. La police a dû te le dire. »

Will voulut rétorquer quelque chose, mais les mots restèrent coincés dans sa gorge.

« Elle va venir », conclut Jacob, l'air rêveur.

Will attendit d'arriver sur le parking et de s'installer à l'intérieur de la voiture pour relâcher la tension. Il pleurait, la tête dans la main. Son sursaut d'espoir venait de retomber à plat. Le choc était si violent qu'il lui fallut de longues minutes pour se calmer. Parce qu'il n'y avait plus de doute possible. Son ami avait définitivement perdu l'esprit.

***

L'institut dormait. On n'entendait pas un bruit. De temps en temps, un infirmier de garde effectuait placidement sa ronde, et Jacob le voyait passer dans le couloir. Jacob ne dormait pas. Il surveillait le couloir éclairé d'une faible lumière. Depuis peu, il avait demandé à pouvoir garder la porte de sa chambre entrouverte pendant la nuit. Comme son état s'était amélioré, cette requête lui avait été autorisée.

Alors il restait allongé sur le côté, recouvert d'un drap remonté jusqu'à son ventre.

Le dessin des enfants de William était scotché au-dessus de la tête de lit. Il fixait le couloir, obstinément. Il ne fallait pas qu'il s'endorme. Il avait peur de la rater lorsqu'elle viendrait.

Il était sur le point de céder au sommeil lorsqu'il l'entendit. Des pas traînants sur le lino du couloir. Une démarche régulière, lente et lourde qui se rapprochait. Jacob rouvrit les yeux, alerte. Il resta allongé, le cœur battant. Le sommet d'une ombre se projetait sur le revêtement du sol. Une ombre au crâne chauve et ovale, dont les pas traînants ne cessaient de progresser. Le lino ne crissait pas, comme au contact de semelles. Ce n'était qu'un frottement. Il s'amplifia. L'ombre aussi.

Cela cessa, lorsque la silhouette se fut arrêtée dans l'entrebâillement de la porte. Un petit être trapu immobile qui resta prostré devant l'encadrement, la tête lisse et sans visage tournée vers son père qui l'attendait campé sur son lit. Dans l'obscurité, la silhouette resta à distance, sans bouger, le fixant de sa face lisse dépourvue d'yeux. Ses bras ballants touchaient le sol à partir des poignets, ses quatre longs doigts traînaient sur le revêtement de plastique. Son corps luisant de monstre beige se soulevait et s'affaissait sous l'effet d'une faible respiration.

Jacob cessa un instant de respirer. Son corps était tétanisé, cloué au lit par la joie, cheveux dressés sur la tête. Une transpiration abondante imprégnait tout le tissu de son pyjama. Il l'avait attendue si longtemps. Il savait qu'elle finirait par le retrouver, le *détecter*, et qu'elle viendrait lui rendre visite ici.

Un mince filet de voix enrouée sortit de la gorge de Jacob.

« Salut toi », dit-il dans le noir.

SACRIFICES

Lara se réveilla à cause de Ted qui lui reniflait le visage. Elle repoussa son museau de ses longs doigts manucurés en grognant dans un demi-sommeil.

« Ted, pousse-toi. T'as pas le droit de monter sur le lit. Descends. »

Le vieux beagle n'en fit rien. Il continua à coller sa truffe froide sur le visage de sa maîtresse.

« Descends, je te dis... » souffla-t-elle avec une pointe d'agacement.

Le chien était obéissant, d'ordinaire. Mais à cet instant précis, il lui était impossible d'obtempérer pour faire plaisir à Lara. Parce qu'il n'était tout simplement pas monté sur son lit.

Lara remua. Sans ouvrir les yeux, elle roula sur le dos. Son chien vint à nouveau imprimer sa truffe sur sa joue. Le matelas lui semblait dur, terriblement inconfortable. Et elle avait froid. Elle avait pourtant poussé le chauffage à fond dans son appartement. Elle se redressa avec difficulté, déjà de fort mauvaise humeur. D'autant qu'elle avait inexplicablement mal au dos et aux bras. Elle écarta les longues mèches blondes qui lui tombaient sur le visage, se frotta les yeux des deux poings et les ouvrit.

Elle n'était pas du tout dans son appartement.

***

« C'est quoi ce bordel ? »
Elle était allongée à même le sol dans une pièce de quelques mètres carrés où elle tenait tout juste allongée. Les murs étaient sombres, fissurés et dépourvus de fenêtres. Il y avait un couloir, devant elle.
Juste derrière les barreaux.

Elle cligna des yeux plusieurs fois, regarda autour d'elle. Il n'y avait pas de doute possible. Elle était enfermée là. Hagarde, elle se leva et tenta d'ouvrir la porte. Le métal des barreaux était noir et usé, comme le reste de la pièce et comme semblait l'être le couloir aveugle. Tout ici était vétuste, obscur et silencieux.

« Y A QUELQU'UN ? » lança-t-elle en direction du fond du couloir. Elle n'eut d'autre réponse que son propre écho.

***

Elle ne se souvenait de rien. Elle ne savait pas comment elle était arrivée là. Le dernier souvenir qu'elle parvint à se remémorer fut le moment où elle avait dansé sur la table du carré VIP d'une nouvelle boîte de nuit, près de l'Opéra Garnier. Un flash. Elle se revit, dehors sous les flocons à la sortie de l'établissement, titubante, braillant des mots éméchés à ses copains avec Ted dans les bras. Soudain, elle trouva la raison de sa présence ici. Elle poussa un profond soupir de soulagement. Ce n'était pas la première fois qu'elle se réveillait en cellule de dégrisement.

C'était bien cela, elle portait encore sa courte robe de soie rose pâle et sa veste en vison dans la poche de laquelle se trouvait toujours sa carte bancaire. Ses collants étaient filés. Dans un coin de la pièce gisait un escarpin en strass. Elle avait dû perdre l'autre. Elle tâta son poignet droit et constata que sa vieille Rolex était toujours là. Elle ne fonctionnait plus depuis quelques semaines mais elle la portait quand même par habitude. Sa minuscule croix en diamant était encore pendue à son cou et les perles qu'elle avait aux oreilles étaient intactes. Seule sa pochette contenant son Nokia, ses clés et son maquillage avait dû lui être confisquée en arrivant au commissariat. Elle avait probablement trop forcé sur la vodka-pomme pour s'en souvenir.

Elle se baissa pour cueillir Ted et le bercer contre elle.

« Tout va bien, mon bébé, ne t'inquiète pas. Papa va venir nous sortir de là. »

Elle s'assit à même le sol. La pièce n'avait aucun meuble. Sa seule inquiétude, à présent, était l'anticipation de la dispute à venir avec son père quand il viendrait la chercher. Elle travailla mentalement sur le texte d'excuse qu'elle allait lui réciter. Car si les quelques spots dans lesquels elle avait tourné, tant que le rôle qu'elle jouait elle-même pour sa propre existence faisaient d'elle une actrice plutôt convaincante, ses parents étaient bien les seuls à ne pas se laisser duper. Elle était leur fille unique, et pour son plus grand malheur, ils la connaissaient par cœur.

Tout en grattant la tête de son chien, elle prépara son texte, construit le dialogue dans sa tête, anticipa les remarques de son père afin de travailler sur les réponses adéquates :

« Tu es complètement irresponsable.
- Je suis désolée, c'est la dernière fois, je te promets.
- C'est ce que tu dis à chaque fois. À vingt-huit ans, tu es toujours aussi écervelée qu'une gamine, tu n'as vraiment rien dans la tête !
- Ça n'arrive pas si souvent. Cinq ou six fois à tout casser. Dans une vie, c'est bien peu non ?
- Tu penses un peu à ma réputation, parfois ? *Tiens, voilà Legrand qui vient chercher son idiote de fille au commissariat.* Les gens n'osent pas le dire devant moi, mais c'est exactement ce qu'ils pensent, pourtant. J'ai des milliers de personnes qui travaillent dur pour moi, je dois être à la hauteur, irréprochable. Et toi tu viens me porter la honte pour des bêtises sans nom. Tu crois que ça donne de nous l'image d'une famille respectable ?
- Pardon, pardon mon petit papa. C'est juste que j'ai un peu trop fêté l'an 2000. Je sais que c'était la semaine dernière mais quand même,

papa, tu te rends compte !? L'an 2000 c'est pas tous les jours ! »

Elle savait que c'était bien maigre, qu'elle n'avait aucun argument en sa faveur. Tout ce qu'elle saurait faire pour calmer la colère paternelle serait le coup des grands yeux verts larmoyants. Ça marchait à tous les coups, certes, mais elle n'avait cependant aucune excuse pour son comportement, et l'embarras dans lequel elle mettait son père.

***

« Merde, qu'est-ce qu'ils foutent ? »

Lara s'impatientait. Elle n'avait aucune notion de l'heure qu'il était, aucun indice. Et elle avait sévèrement envie de pisser. Ted l'avait devancée et s'était déjà soulagé contre la grille un peu plus tôt. Elle avait faim et soif. Normalement, elle aurait dû voir des flics passer. Mais elle n'avait pas aperçu âme qui vive depuis qu'elle s'était réveillée ici.

Elle s'agita en tentant de secouer les barreaux et appela dans le couloir elle ne savait qui, faisant usage de syllabes aiguës.

Quelques secondes plus tard, elle entendit des pas se rapprocher.

« C'est pas trop tôt », commenta-t-elle tout haut.

***

Deux hommes s'arrêtèrent devant sa cellule et la toisèrent en silence. L'un deux était grand et fort, l'air stupide, les yeux vides et les oreilles décollées, la peau rongée de cicatrices d'acné. Il avait la coupe de cheveux de Frankenstein, et le même teint olivâtre. L'autre, de taille moyenne et un peu plus âgé, avait la peau et les cheveux gras, la frange, du moins. Car il portait une frange brune, mais le reste de son crâne était tondu, à l'exception d'une queue de rat qui lui courait le long de la nuque. Il portait une cicatrice le long d'une joue, avait de petits yeux noirs enfoncés dans ses orbites et semblait avoir renoncé depuis fort longtemps à toute notion d'hygiène dentaire.

Soudain, le cœur de Lara cogna contre sa poitrine siliconée. Quelque chose clochait. Plus exactement, ça déconnait sévèrement. Elle examina les deux hommes, les yeux agrandis par l'étonnement. Il avaient une apparence étrange, trop peu académique pour des flics parisiens. Pour la simple et bonne raison, qui se confirmait par l'absence d'uniforme, qu'ils n'étaient pas des flics.

Lara retira brusquement ses mains des tiges d'acier et se projeta au fond de sa cellule, dos au mur. Elle considéra les deux hommes muets en hoquetant de peur. Ted, plus téméraire, s'empressa d'aller aboyer, la tête entre deux barreaux.

« Ted, viens ici ! » appela Lara.

Le chien continua à grogner sur les deux étrangers. Les deux hommes se regardèrent. Le plus petit eut un hochement de tête et se tourna vers le bout du couloir pour crier quelque chose dans une langue que Lara ne reconnut pas. Ce n'était ni du français, ni de l'anglais. Ça ne ressemblait ni à l'espagnol ni à l'italien, pas même à l'allemand. Si Lara avait des notions dans plusieurs langues et en parlait trois couramment, elle n'avait jamais entendu un seul mot de celle-ci.

« Putain, c'est pas vrai ! Mais où je suis mon Dieu ? »

Il y eut d'autres pas dans le couloir, et une ombre qui s'allongea sur le sol. Un troisième homme s'arrêta devant le grillage. Il ne ressemblait en rien aux deux autres. Il avait une quarantaine d'années et une mèche triste sur le côté pour dissimuler une calvitie. Il portait un costume marron qui le boudinait, son ventre proéminent jaillissait insolemment d'entre les pans de sa veste. Les traits de son visage étaient grossiers, comme taillés dans de la pâte à modeler. Il avait de grands yeux bleus et de petites dents carrés. Il transpirait comme un homme grippé et ses mains tremblaient légèrement. Les deux acolytes restaient en retrait derrière lui tels des chiens de garde. Et Ted continua à grogner.

Lara demeurait muette. Son cerveau tentait dans l'urgence d'analyser toutes les données de la situation. Pour l'instant, elle ne comprenait rien. À part qu'elle avait manifestement été enlevée. Puis l'homme en costume parla, d'une voix aussi tremblante et hésitante que ses mains.

« Bonjour Mademoiselle Legrand... Je peux vous appeler Lara ?
- Qui êtes-vous ? » rugit-elle depuis le fond de la cellule.

L'homme plongea ses gros doigts dans sa poche, en sortit un mouchoir en tissu à carreaux et se tamponna le front. Il semblait avoir quelques difficultés à respirer. L'air qu'il exhalait sortait de ses poumons avec un léger sifflement.

« Et bien en fait euh... je... bon... je ne peux pas vous dire mon nom. Pas que j'aie pas envie, hein... non, j'aimerais bien mais ce serait... un petit peu embêtant...
- *Un petit peu embêtant* !? persifla Lara. Et moi ? Vous ne me trouvez pas dans une situation *un petit peu embêtante* ? Qu'est-ce que je fous ici !? D'ailleurs, on est où là !? Vous voulez quoi bordel !? »

L'homme bredouilla, mal à l'aise devant le ton agressif de la jeune femme, l'air aussi penaud qu'un gosse qui se fait remonter les bretelles par son institutrice. Il marqua un temps avant de répondre d'une voix qu'il aurait voulu ferme, mais qui était toujours aussi peu assurée :

« Je vous ai fait kidnapper, en fait. Contre rançon, voilà. Votre père a beaucoup d'argent. La... la procédure est en... en cours. Vous, euh...
- Espèce de connard !

- Euh… oui, bon. Je comprends que vous soyez contrariée. Ce que je fais, ce n'est pas… ce n'est pas très gentil.
- Rassurez-moi : c'est une caméra cachée ? C'est pour la télé ? Oh merde non en fait c'est pas de la fiction, vous êtes un authentique abruti ! »

L'homme déglutit, baissa les yeux en desserrant son nœud de cravate. Il semblait profondément attristé par les propos de sa captive.

« Tout va bien se passer, ajouta-t-il rapidement, comme par crainte qu'elle ne lui coupe la parole ou ne profère d'autres méchancetés. Les choses vont aller vite, c'est l'histoire de deux ou trois jours, le… le temps que je reçoive l'argent. Après je vous libérerai. Et… vous n'avez rien à craindre, ici. Je ne… vous serez bien traitée.
- Mes parents sont au courant que j'ai été enlevée ?
- Je suis en train de m'occuper de tout ça.
- Alors un conseil mon vieux, grouillez-vous ! Pas que je n'apprécie pas le décor ou votre compagnie, mais ma mère est fragile de santé, savoir que je suis séquestrée, ça risque de la tuer. Alors arrangez-vous pour me faire sortir vite !
- Oui, euh… d'accord. »

Il recula d'un pas, prêt à prendre congé tel un majordome.

« Est-ce que ces messieurs vous ont donné votre repas ? Est-ce que… vous avez besoin de

quelque chose ? On va vous apporter le nécessaire pour... pour votre confort.
- Ce serait très appréciable. »

Le ravisseur se retourna vers ses deux assistants et demanda à ce qu'on apporte à manger à Lara dans un anglais approximatif. Ses interlocuteurs le regardèrent, l'air impassible. Ils ne comprenaient pas. Alors l'homme leur mima le geste de manger. Les hommes disparurent aussitôt dans le couloir. Et le ravisseur fit à nouveau face à Lara.

« Bien, je vous laisse. Je dois m'occuper de certaines choses. Dites-moi si vous avez besoin de quoi que ce soit.
- Mon médicament. J'ai un traitement pour l'épilepsie. Je dois le prendre tous les jours.
- Ah bon ?
- Parfaitement. Vous avez un papier et un stylo ? Je vais vous noter le nom. Il faut une ordonnance normalement, mais vu que vous enlevez déjà des gens, vous procurer illégalement un médicament ne devrait pas poser trop de problème.
- En fait si.... Je pense que ce ne sera pas possible, je... crains de ne pas trouver ça dans le coin...
- Sale con.
- Bon... »

Au moment où il allait partir, il se retourna et la regarda avec un air de convoitise.

« Vous êtes... vous êtes très belle en tout cas, Barbie... C'est une vraie chance de... de pouvoir voir une si jolie femme d'aussi près. »

Il se retourna et partit.

Lara était glacée de la tête aux pieds. Barbie était le surnom que le Tout-Paris lui avait attribué, à cause de son physique, et de sa manifeste superficialité. Dans la bouche des ses amis, des gens qu'elle connaissait, qu'il soit moqueur ou sympathique il sonnait comme une chanson joyeuse, ça la flattait, ça l'amusait même quand elle y percevait un fond de jalousie ou de méchanceté. Mais dans la bouche de cet homme sordide, son surnom la dégoûtait.

Elle s'assit contre le mur.

« Viens là Ted. »

Le chien quitta son poste de garde et alla s'installer sur les genoux de sa maîtresse.

« C'est bien mon chien, murmura-t-elle doucement. Bon, je t'explique deux trois choses. Je sais que tu n'aimes pas les cages. Et moi non plus. Mais ne t'inquiète pas, on va vite sortir d'ici. Papa va venir nous chercher, et à l'heure qu'il est, même si je ne sais pas vraiment quelle heure il est, tout le monde doit être en train de nous chercher. On va parler de nous à la télévision, tout le monde va savoir qu'on a disparu. On va vite nous trouver. Et si ça ne marche pas, il y aura la rançon, et on sortira de là, je te le promets. »

Le chien gémit comme pour acquiescer. Il avait déjà passé de nombreuses années en cage après son abandon, et la vue de grillages le rendait nerveux. Lara l'avait adopté deux ans auparavant dans un refuge pour animaux maltraités ou abandonnés lorsque son précédent chien était mort. Elle avait toujours eu un chien, et toujours eu pour principe d'aller en adopter des vieux dans des refuges pour leur offrir une belle fin de vie.

Elle pensa à sa mère, qui allait être mortifiée quand elle apprendrait la nouvelle. Elle venait à peine de se remettre d'un cancer du sein et reprenait très lentement les forces qu'elle pouvait. L'enlèvement de sa fille risquait de faire fortement régresser son état de santé.
Elle pensa à Damien aussi, pour la première fois. Son petit ami devait être très inquiet, et remuer ciel et terre pour la contacter et savoir où elle se trouvait. Il avait sans doute donné l'alerte à son père en ne la trouvant pas chez elle.
Elle était entourée, non seulement de gens qui l'aimaient, mais qui avaient les moyens de la retrouver.
« Ce n'est l'affaire que de quelques jours », ajouta-t-elle tout haut, pour elle-même cette fois-ci.

***

Les deux geôliers se présentèrent les bras chargés sur le seuil de la cellule. Ils déposèrent le tout sur la petite table qui se trouvait dans le couloir le temps d'ouvrir la cage.
Lara réfléchit vite. Au vu de l'infériorité numérique et de l'étroitesse qu'elle percevait des

voies dégagées, elle ne ferait pas un demi-pas en dehors de sa geôle sans qu'on ne la replace à l'intérieur. Elle resta sagement immobile, serrant Ted dans ses bras.

Les deux acolytes gardèrent un œil suspicieux sur Lara tandis qu'il déposaient des choses à même le sol. Lara ne les quittait pas des yeux non plus. Elle attendit qu'ils soient repartis avant de daigner jeter à un œil à leurs offrandes.

Il y avait là une couverture d'un orange agressif pliée mais manifestement sale, au vu des boulloches, des taches douteuses et des poils dont elle était constellée. Le plateau en plastique contenait un gobelet de la même matière, quelques serviettes en papier et diverses boîtes de conserve dont l'opercule s'ouvrait sans qu'il y ait besoin d'ouvre-boîte. Les inscriptions et les marques étaient toutes de la même langue qu'elle ne connaissait pas. Il y avait du thon, du maïs, des poires et des raviolis. Ils avaient également déposé deux seaux en métal. L'un était rempli d'eau presque à ras bord, l'autre vide. Elle leva les yeux au ciel lorsqu'elle en comprit l'usage.

« Super classe le room service », soupira-t-elle avant de se résigner à uriner dans le seau.

***

Elle ne savait pas combien de temps s'était déroulé depuis qu'elle avait ouvert la boîte de thon qu'elle avait partagée avec Ted. Cela pouvait être trente minutes comme cinq heures. Il lui semblait qu'il faisait plus sombre, sans doute y avait-il une source de lumière naturelle quelque part au détour du couloir et le jour avait baissé. Quoi qu'il en soit, elle avait passé ce temps assise contre le mur à attendre. À crier quelques fois, pour appeler son ravisseur, savoir où il en était de ses étapes de demandeur de rançon. À se demander combien de temps encore elle allait devoir supporter cet enfermement.

Personne ne vint. Et quelque chose d'autre ne lui plaisait pas. Les geôliers, et les boîtes de conserve. Leur langue inconnue, ne ressemblant en rien à celles des pays frontaliers.

Et si nous étions hors de France ?

Elle tenta de se rassurer intérieurement. Non, non, ce n'était pas logique. Elle réfléchit, et se dit qu'après tout, peu importait. On finirait par la sortir d'ici. Son père avait largement les moyens et les appuis nécessaires pour remuer ciel et terre.

« Rich girls never die », clamait le tee-shirt rose dans lequel elle purgeait ses gueules de bois.

***

Elle avait fini par s'endormir peu après que toute lumière ait déserté les lieux, couchée en chien de fusil, la couverture orange pour matelas. Elle s'était enveloppée comme elle pouvait dans sa veste en fourrure et avait calé Ted à l'intérieur.

Elle sursauta dans le noir. Il y avait un bruit. Une autre respiration plus forte que la sienne et celle de son chien. Il y avait quelqu'un.

Paralysée par la peur, elle n'esquissa pas le moindre mouvement. Elle se contenta d'ouvrir les yeux et attendit.

Il y avait une forme, derrière les barreaux. Elle cessa de respirer. Une forme ample, qui lui semblait gigantesque et presque immobile. Une forme dont s'échappaient de faibles grognements, une respiration d'homme préhistorique. Elle se mordit les lèvres pour s'empêcher de crier.

Le geôlier qui ressemblait à Frankenstein l'observait dans le noir.

« Ne bouge pas, se supplia-t-elle dans sa tête. Ne bouge pas. »

Elle vit les deux mains massives du géant s'agripper aux barreaux, comme s'il avait l'intention de les tordre. Comme si c'était lui qui était en cage. Et il la regardait.

« Mon Dieu... »

Elle sentit tout son corps se paralyser, pétrifié de terreur. Elle ne remua pas d'un cil, ne respira même plus. Mais dans tout son corps, les océans de sang qui lui cognaient dans les veines et la torsion de son estomac faisaient autant de vacarme qu'une usine.

Et l'homme grognait, respirait fort. Les barreaux vibraient, prêts à céder sous la pression de ses paluches de géant. Lara n'avait plus de salive, sa gorge la brûlait. Elle voyait déjà ces mains se refermer sur son cou, lui broyer les cervicales sans même avoir à forcer. Puis un son la fit sursauter. Une voix furieuse suivie de pas rapides et légers. L'homme lâchait prise tandis que son acolyte se matérialisait derrière lui. Il vociféra une portée de mots incompréhensibles à Frankenstein qui baissa la tête, honteux. Puis il disparut dans le couloir en suivant son collègue.

Une fois le silence revenu seulement, Lara s'autorisa à respirer de nouveau. Tout son corps se mit à trembler convulsivement. *Non, non, pas ça...* Les convulsions moururent. Ce n'était pas une crise, juste les symptômes de sa frayeur.

Il fallait que ça s'arrange, et vite. Qu'on paye cette foutue rançon ou qu'on la retrouve et qu'on vienne la chercher de force. Elle avait cru être en relative sécurité ici. Qu'on ne lui ferait pas de mal, qu'on la préserverait car c'était leur intérêt, car son père n'était pas n'importe qui, qu'elle-même n'était pas n'importe qui. Si on avait vraiment voulu lui faire du mal, on l'aurait sans doute dépouillée, on lui aurait confisqué ses bijoux, et son chien aurait peut-être été tué. Cela avait contribué à la rassurer quelque peu. Cependant, Dieu seul savait ce qu'il serait arrivé si Frankenstein avait eu carte blanche et les clés de sa cellule. Elle frissonna violemment. Il ne fallait pas qu'elle y pense, qu'elle ne se laisse plus aller à des déductions.

Elle en arriva à cette conclusion horrifiante qu'elle était en sursis mais que cela ne durerait qu'un temps. Et qu'il fallait qu'on la sorte d'ici au plus vite.

« Tout ça sera terminé demain, se murmura-t-elle. Demain soir je serai dans mon lit, avec Damien qui me tiendra la main. Demain soir, tout ça ne sera plus qu'un mauvais souvenir. »

***

Un grincement strident. Lara ouvrit les yeux. Elle distingua son ravisseur debout derrière les barreaux. À côté de lui, le geôlier coiffé de la queue de rat faisait jouer la clé dans la serrure avec un bruit de rouille. Elle s'assit brusquement, se redressa.

Ça y est enfin ! Me voilà libre !

Son père avait dû payer la rançon dans la nuit, il l'attendait sans doute dehors avec son chauffeur et ses copains flics haut gradés embusqués un peu plus loin dans un buisson. Elle soupira de soulagement et entreprit de se lever. Ted bâilla et étira ses pattes de devant avant de jeter un regard hostile à l'homme en costume. Lara, une fois debout, eut un sourire acide.

« Ça y est, vous avez eu votre pognon ? Le compte est juste ? »

Elle se sentait si euphorique, d'une bonne humeur telle qu'elle faillit demander combien elle avait coûté, juste par curiosité.

« À vrai dire, non, Mademoiselle Legrand. »

Lara se figea, interdite. La seconde suivante, elle fut prête à taper du pied comme lors de ses caprices d'antan.

« Comment ça, non ?! »

Intimidé, le type regarda par terre. Son visage commença à se couvrir d'une pellicule de transpiration. Queue de rat avait fini par entrouvrir la cellule et restait planté à côté de son patron.

« Eh bien, les choses sont en cours, euh... comme je vous le disais. Je n'ai pas encore pu contacter votre père, et dans toute affaire sérieuse, telle que celle-ci...
- Vous voulez dire que vous ne l'avez pas encore appelé ?! rugit-elle, furieuse. Vous êtes en train de me faire avaler que tout le monde me cherche, mais que personne n'est au courant de rien ? »

L'homme semblait désemparé. Il s'essuya le front.

« Dans une affaire sérieuse, poursuivit-il, nous ne pouvons pas nous permettre de passer pour des... des amateurs, hein. Il faut des... des preuves. Voilà.
- C'est-à-dire ? hacha-t-elle, en croisant les bras sur sa poitrine.
- Euh... nous allons procéder à un petit... un petit *prélèvement*, si vous voulez bien.
- Un petit QUOI ?!! »

Lara recula, effrayée. Ted aboya et grogna.

« Ça ne fera pas très mal, ne... ne vous inquiétez pas », fit l'homme en sortant en tremblant une tenaille de la poche de sa veste.

Le temps d'un éclair, Lara sentit ses entrailles lui descendre dans le bas-ventre et se mit à hurler. Frankenstein se précipita à l'intérieur et la plaqua au sol. Elle se débattit, le griffa. Il s'empressa de lui maintenir les bras tout en envoyant un grand coup de pied au chien devenu hystérique. Son acolyte saisit les jambes de Lara qu'elle agitait désespérément, de toutes ses forces. Elle vit le ravisseur, le visage suant à grosses gouttes, brandir d'une main secouée de tremblements la tenaille au-dessus d'elle. Il réajusta ses lunettes maculées de buée du bout de l'index et se baissa avec l'outil dans l'autre main.

« AAaaaaah NOOOOOON !!!!! »

Lara se cabra, sa tête partit en arrière et se cogna contre le sol dur, ses yeux se révulsèrent, sa vessie lâcha, son corps se tordit d'une violence inouïe. Les geôliers eurent toutes les peines du monde à la maintenir en pleine crise d'épilepsie.

Et Lara perdit connaissance.

***

Elle distinguait vaguement une silhouette aux contours flous, zébrée de barreaux d'aciers. Elle n'entendait que le son de sa propre respiration. Du ras du sol où elle gisait, elle voyait l'homme en costume examiner un curieux objet. Un objet qui lui parut à la fois familier mais, en même temps, déplacé. Comme si cette chose n'avait rien à faire dans une main. Comme si cette chose qu'elle semblait reconnaître n'était pas à sa place. Comme si ce morceau qui lui appartenait ne... Son pouls s'accéléra, soudain. Elle leva une de ses chevilles. Elle ne voulait pas savoir. Elle regarda quand même. Elle avait le pied droit bandé. Il manquait quelque chose à la place où aurait dû se trouver l'orteil.

Elle rugit de rage et d'horreur. Ted aboya dans son sommeil, trop assommé encore pour se réveiller complètement. Le ravisseur se tourna vers Lara, l'air désolé. Il déposa soigneusement l'orteil tranché sur la table du couloir à côté de la clé. Le doigt de pied oscilla sur lui-même un temps infini, de plus en plus lentement, avant de s'immobiliser pour de bon. L'homme avait attendu qu'il cesse de bouger. Il ramassa la clé qu'il glissa dans son pantalon. Puis, d'un geste étrange, il porta la main à la poche de sa veste, comme pour vérifier la présence de son portefeuille. Lara n'avait plus la force de sortir le moindre son de sa gorge. Elle sentit son corps faiblir, sa tête devenir cotonneuse.

L'homme gardait la main sur sa poitrine, au travers de ses vêtements. Il semblait hagard, stupéfait. Il eut un spasme, tenta de prendre une inspiration où l'air refusait d'entrer.

Foudroyé par la douleur, il s'effondra sur le sol. De manière parfaitement symétrique à sa captive de l'autre côté des barreaux, l'homme gisait dorénavant dans l'immobilité la plus absolue.

Ses yeux bleus éteints ne clignaient plus.

***

Elle ne savait pas si elle rêvait ou non. Elle avait mal partout. Elle balaya l'environnement de ses yeux vitreux. Ted dormait profondément. Il y avait un bruit mou. Et des échos de chuchotements anxieux dans une langue incompréhensible. Les deux geôliers tiraient par les pieds l'homme inanimé à terre. Ils le traînèrent dans le couloir, bientôt hors de sa vue.

À nouveau, elle sombra.

***

Il y eut une odeur de brûlé. Cela sentait la viande carbonisée, le barbecue qui tourne mal. Lara se redressa pour tousser. Elle sentait la fumée, mais le brasier était trop lointain pour l'asphyxier. L'odeur était de plus en plus forte. Ted renifla, évalua l'air en fronçant son museau, puis vint lui lécher la main. Sans préambule aucun, elle vomit. Elle dégueula ses tripes, régurgita son dernier repas, et même ceux, lui sembla-t-elle, qu'elle n'avait pas eu l'occasion de manger.

À travers la pellicule de larmes qui lui brûlait les yeux, elle fixa, impuissante, son orteil tranché déposé sur la table.

Il avait déjà commencé à changer de couleur.

***

C'était comme si le sol vibrait lorsqu'elle émergea. C'était Frankenstein qui s'acharnait sur la serrure de la cellule. Il avait l'air fort contrarié. Derrière lui, son acolyte lui braillait dessus, manifestement de très mauvaise humeur.

Elle se redressa sur un coude. Ted vint se blottir contre son flanc et observa les deux hommes jeter quelque chose par terre et secouer les barreaux tout en se criant dessus. Lara jeta un œil à l'objet qui était tombé. Une clé tordue et cassée, recouverte d'une pellicule noire et irrégulière.

Elle eut un hoquet de terreur. La clé déformée avait été brulée. Ces hommes avaient carbonisé le corps de son ravisseur après son malaise. Mais ce n'était pas cela qui l'horrifiait le plus.

C'était que dès lors, ils ne pourraient plus ouvrir sa cellule.

Ils s'éloignèrent dans le couloir en hurlant l'un sur l'autre. Plus loin, hors de vue, cela semblait parti pour en venir aux mains. Elle attendit que les échos se tarissent et regarda la clé gisant à terre contre le mur. Trop loin. Même en passant toute la jambe à travers les tiges de fer, elle ne pouvait l'atteindre.

Alors elle s'assit et réfléchit en caressant son chien d'un geste automatique, ses yeux vides se promenant devant elle, s'arrêtant sur le doigt de pied tranché, coupé pour rien, qui pourrissait sur la table.

Elle n'avait qu'une certitude.

Ce traquenard ne se passe pas du tout comme prévu.

Et une solution était limpide.

C'est sûr que je suis plutôt partante pour m'évader mais merde, je fais comment !? Je sais même pas où on est. Je ne sais déjà pas ce qu'il y a au bout de ce foutu couloir...

Elle songea à ce que faisaient les prisonniers illégaux dans les films. En général, ils tapaient partout comme des sourds en beuglant « laissez-moi sortir ». Invariablement. Et pour ce qu'elle en savait, curieusement, cette méthode ne fonctionnait jamais.

Je n'ai qu'à faire ça oui bien sûr. Si ça se trouve dans la vie ça marche pour de vrai, il n'y a qu'à demander.

Elle s'imagina ses deux geôliers arriver, peinés par ses cris et lui répondant dans un français parfait en lui ouvrant grand la porte : « Oui bien sûr Mademoiselle, nous comptions vous laisser crever ici mais si cela vous contrarie nous renonçons à tous nos projets sordides. »

Clap de fin.

Elle étouffa un rire de nerfs.

Ted se mit à inspirer bruyamment. Il jappa, en prenant une succession de bouffées d'air maladives. Il tremblait. Il était épuisé, déshydraté. Et Lara, depuis qu'on lui avait tranché l'orteil, et qui n'avait aucune idée du temps qui s'était écoulé, n'avait pas été en mesure de le nourrir.

« Ok Ted, viens par là mon chéri. Il va falloir reprendre des forces. On va en avoir besoin tous les deux. »

Elle remplit un gobelet d'eau dans le seau et le présenta au beagle qui s'empressa d'en vider le contenu. Elle ouvrit ensuite une boîte de raviolis qu'elle mangea avec les doigts. Elle en déversa la moitié dans sa main et la posa sur le sol, devant elle. Quelques jours plus tôt, elle sortait de la manucure par un bel après-midi d'hiver. Aujourd'hui, sa main servait de gamelle pour chien. Quant à son pied droit, les choses seraient désormais, et de manière irréversible, profondément différentes.

« Ça te fera des économies chez la pédicure », fit une voix acerbe dans sa tête.

Tout en laissant Ted lécher la sauce tomate industrielle sur sa main, elle replia sa jambe, examina son bandage. Elle ne pouvait rien voir de la plaie. Cela l'arrangeait, elle préférait ne pas avoir à regarder. Le pansement était intact. Juste un peu sali, mais il n'y avait nulle trace de sang sur le tissu. Elle ne ressentait pas de douleur, à cause du choc. Elle regarda le bandage, pour se faire à l'idée de ce qu'on lui avait enlevé. Elle le fixa jusqu'à ce qu'il fasse trop sombre pour le voir. Elle continua à le regarder dans le noir en caressant la tête de son chien.

Elle le regarda jusqu'à tomber d'épuisement.

***

Ça parlait fort, devant elle. Elle se réveilla en sursaut. Un inconnu se tenait devant la cellule, entouré des deux geôliers. Frankenstein se taisait, et Queue de Rat s'adressait à l'homme d'un ton à la fois ferme et anxieux. C'était un type banal, dans la trentaine, vêtu d'une chemise à fleurs dont Lara se serait empressée de se moquer en temps normal. Elle lui aurait demandé si c'était pour un pari ou un choix vestimentaire personnel. En temps normal.

Elle fit mine de continuer à dormir, observant la scène les yeux demi-clos. Elle ne voulait pas leur offrir le spectacle de son angoisse. L'inconnu parlait la même langue que les deux autres. Et il ne semblait pas être venu la libérer. On aurait dit qu'ensemble, ils parlaient affaires. Qu'ils négociaient. L'inconnu pointa Lara du doigt en criant et en s'agitant. Il désignait le pied bandé. Queue de Rat tentait visiblement de le convaincre de quelque chose.

T'as compris là ? Réveille-toi ma grande : c'est toi qu'on négocie.

L'homme sortit un téléphone portable de sa poche, s'adressa à son interlocuteur d'une voix plus posée. Lorsqu'il raccrocha, il hocha négativement la tête. Il serra la main des deux hommes et Frankenstein le raccompagna vers le bout du couloir.

Queue de Rat resta sur place. Il respirait fort. Il semblait avoir toutes les peines du monde à maîtriser sa colère. Il tourna la tête vers Lara. Il la surprit en train de l'observer, les yeux grands ouverts. Elle sursauta. Elle ne s'y attendait pas. Il la transperça de ses petits yeux noirs. Puis, il avança sa tête entre deux barreaux, plissa les yeux, comme cherchant à viser Lara avec une arme invisible. Il lui cracha au visage.

***

Quel jour on est ? Quelle année ? Tu sais ? demanda-t-elle à Ted sans même ouvrir la bouche. Sans même prononcer les mots. Elle était trop faible pour remuer ses lèvres gercées. Elle sentait sa peau tirer, sèche de partout. Elle avait tellement faim qu'elle ne songeait même plus à manger.

Elle gisait là dans un état de semi-délire permanent, entrecoupé d'éclairs de lucidité qui se faisaient de plus en plus rares.

Ted lui non plus ne bougeait presque plus. Il restait prostré en boule, tremblant de tout son corps, ou parfois tellement immobile que Lara ne savait plus s'il respirait. Lorsqu'il se statufiait trop longtemps, sa maîtresse avançait douloureusement un bras affaibli vers lui, le tâtait fébrilement, cherchant son pouls à travers ses poils. Il était vivant, invariablement. À chaque fois, avant de se rendormir au milieu de leurs déjections, elle lui promettait sans ouvrir la bouche : *on va sortir d'ici, mon chien, on va s'enfuir, on va nous retrouver, ne t'en fais pas.* Et Ted, tout comme elle, faiblissait de jour en jour, ou peut-être, elle n'en savait rien, *de mois en mois*. Son pied transpirait sous le pansement devenu noir de crasse. Le bandage la démangeait, elle mourait d'envie de l'arracher pour se gratter mais elle n'en n'avait ni la force, ni même le courage de voir la plaie.

De temps en temps, elle devinait une présence, ou plusieurs, derrière les barreaux. Elle ne savait pas toujours s'il s'agissait de la réalité ou d'hallucinations. Lorsqu'il s'agissait d'ombres informes et flottantes, de choses mouvantes aux corps monstrueux, elle se doutait qu'elle délirait. Lorsque ces choses prenaient forme humaine, et qu'elles se présentaient accompagnées des deux geôliers, sans doute s'agissait-il de la réalité.

Ses crises d'épilepsie récurrentes lui cassaient à chaque fois le corps entier. Après cela, elle dormait, remuait, tremblait, et retombait dans ses délires en transpirant. Elle s'accoutumait de cet emploi du temps, sans le vouloir. Un fait, cependant, la torturait plus que les autres. Elle ne pouvait s'habituer à l'odeur dans la cellule. Le seau à déjections était plein et débordait. Il ne passait pas à travers les barreaux, et la porte n'avait plus jamais été ouverte depuis la mort du ravisseur. Elle vomissait régulièrement. Elle aurait dû s'y habituer, du moins le pensait-elle. *L'être humain s'acclimate à tout*, avait-elle parfois entendu, en conclusion de récits épouvantables. Mais la puanteur ambiante mêlée à l'humidité des lieux lui portait au cœur en permanence, de façon de plus en plus agressive à mesure que le temps passait. Elle le supportait de moins en moins.

Une nuit, elle parut trouver la réponse. Elle se parlait dans sa tête. Et se répondait en murmurant. La conversation était mécanique, elle semblait se dérouler sur un disque, tourné à la main par une manivelle.
 « Tu es enceinte.
- N'importe quoi.
- Si si. Ces nausées, d'après toi...
- Ça pue ici, c'est tout.
- Il n'y a pas que ça. Tu es enceinte.
- C'est pas possible.
- Tu as tout de suite songé à tes médicaments pour l'épilepsie, tu les prends tous les jours en temps normal.
- Oui ?
- Mais tu n'as pas pensé à ta pilule en arrivant ici.
- Et alors ?
- Tu n'as pas pris ta pilule.
- Ça ne veut pas forcément dire que...
- Damien va être papa.
- Tais-toi.
- Tu vas avoir un...
- TA GUEULE !!! »

Son cri fit un écho contre les murs suintants. Elle s'assit contre le mur dans le noir. Ted dormait en frissonnant. Recroquevillée dans son manteau de fourrure dégueulasse, elle aussi avait l'air d'un chien malade. Elle aurait voulu pleurer mais elle était trop déshydratée. Elle ne souhaitait pas gaspiller la moindre goutte d'eau contenue dans son corps.

Elle pensa à Damien. Elle pensait à lui chaque minute éveillée, se demandait dans quel état il était, comment il s'y prenait pour la chercher. Elle pensait à son visage, son air un peu timide, sa silhouette élégante et son extrême patience. Il était le garçon le plus gentil, le plus adorable qu'il lui eût été donné de rencontrer. Elle pensa, à l'inverse, à quelle petite amie elle était. Elle pensa à ces coups de téléphone auxquels elle n'avait pas répondu quand il devait la rejoindre quelque part, les dîners avec lui annulés sans même s'excuser, les futilités qu'elle avait le plus souvent préférées à lui.

Elle se souvint d'un soir, peu de temps avant le réveillon, où il devait venir la récupérer chez des amis. Elle avait vu qu'il avait appelé mais n'avait pris la peine de décrocher son portable parce que l'anecdote qu'elle racontait à ce moment-là amusait tellement son auditoire qu'elle n'avait pas eu envie d'interrompre. Elle l'avait oublié, puis s'en était souvenue comme d'une casserole laissée sur le feu. Elle l'avait retrouvé, trempé sous une pluie glacée. Il était tombé malade le lendemain, ce qu'elle n'avait pas manqué de lui reprocher. Il lui avait fait l'outrage d'avoir trente-neuf de fièvre pile le jour où il avait promis de l'accompagner faire les magasins et l'emmener dîner dans le dernier restaurant dont tout le monde parlait. Promesse qu'il avait tout de même fini par honorer. Non parce que sa petite amie lui avait fait une scène, mais parce qu'il n'avait qu'une parole. Et à présent, elle savait qu'elle ne la méritait pas.

Peut-être, après tout, que Damien ne la cherchait pas du tout.

***

Ted suffoquait. Lara l'appela. Comme il ne tournait pas la tête, elle rampa vers lui. Tout son petit corps était secoué de tremblements. Son museau était brûlant. Le chien laissait pendre sa langue sèche en geignant de douleur. Il était déshydraté, il fallait qu'il boive et qu'il mange. Il n'y avait plus rien dans la cellule, ni nourriture ni eau sale, depuis un temps indéterminé.

Lara cria, appela. Elle attendit. Personne ne vint. Elle regarda son chien. Il tremblait plus fort encore. Elle se hissa jusqu'aux barreaux et cria sans discontinuer à s'arracher la voix.

Il se passa un temps infini. Puis Frankenstein se pointa devant Lara en se grattant l'oreille, l'air à la fois détendu et étonné. Lara n'avait sans doute jamais été aussi rassurée de le voir. D'ailleurs, jamais elle n'avait été rassurée de le voir. Ce type immense au visage répugnant l'effrayait. Mais elle avait cependant l'intuition qu'il était moins mauvais que son collègue. Enfin, si elle évitait de penser à ce qu'il pourrait se passer s'il détenait la clé de sa cellule.

Lara lui désigna le chien, et mima dans des gestes désespérés le fait de manger et de boire. Il repartit sans rien dire, sans même acquiescer. Elle attendit en écoutant attentivement le bruit de ses pas. Elle ne savait pas s'il avait compris. Elle ne savait pas s'il allait l'aider.

Tout ce qu'elle savait, c'était que jamais de sa vie elle n'aurait envisagé se trouver un jour dans une situation où elle devrait quémander de la nourriture.

Il est parti, ce fumier. Il ne reviendra pas. Il va nous laisser crever de faim et de soif.

Mais Frankenstein revint au bout d'un certain temps. À travers les barreaux, il lui lança un regard de dédain, ainsi qu'une grande bouteille d'eau entamée, deux croûtons de pain et trois conserves. La bouteille en plastique rebondit mollement avant de rejoindre en roulant les boîtes métalliques. Et Lara se jeta sur les victuailles.

***

« Personne ne va venir te chercher, fit la voix dans sa tête.
- Si, murmura-t-elle. On me cherche, figure-toi. Et on va me trouver.
- Ahahahahah ! Ce que t'es naïve, ma pauvre petite ! Tu crois franchement qu'on va te retrouver dans ce trou ?
- Laisse-moi.
- Quoi ? T'es pas contente d'avoir un peu de compagnie ? Ça fait longtemps que t'as pas

échangé de potins avec quelqu'un qui parle la même langue que toi non ? Tu parlais sans arrêt quand tu vivais en liberté. Ça doit te manquer.
- Arrête.
- Non non, je ne tiens pas à te laisser seule, vraiment. Tu dois déjà te sentir tellement démunie, sans séances de shopping, sans public ni miroir, sans avoir l'occasion de jouer les princesses, avec ta carte bancaire dans ta poche qui ne sert à rien ici.
- Je ne suis pas comme ça.
- Je crois que tu te trompes. Mais tu as de la chance, je passe sur ta mauvaise foi, comme le feraient ceux qui t'aiment par je ne sais quel miracle. Parce que tu n'as peut-être plus personne, dehors. Damien a peut-être trouvé une autre copine. Il aurait raison n'empêche, le pauvre. Fatigué qu'il doit être de t'attendre quand tu n'es pas là, de t'attendre aussi quand tu es là. C'est dommage pour le bébé hein ?
- Il n'y a pas de bébé.
- Tu rêves.
- Laisse-moi...
- Peut-être que ta mère est littéralement morte d'inquiétude. Là aussi c'est dommage, elle était pourtant en pleine rémission. C'était pas le moment de te faire enlever. Tu vois, tu n'as rien dans la tête.
- Stop.
- Et ton père ? Il a peut-être fait une crise cardiaque, lui aussi.

- Non, personne n'est mort.
- Tu es bien optimiste. Regarde-toi, vautrée dans ta propre crasse, à croire désespérément que tu vas sortir d'ici. Les choses ont bien mal tourné pourtant.
- On me cherche.
- Oh oui, sans doute. On te cherche. Sauf que personne ne viendra jusqu'ici. »

Lara décida de ne pas répondre. La voix se tut. Elle soupira, et caressa Ted d'une main molle, sans énergie. Le beagle était étendu sur le flanc, inerte. Lara frotta son ventre avec plus de vigueur. Quelque chose n'allait pas, ça se devinait au toucher.

« Ted ?? »

Elle souleva le chien qui ne réagit pas. Sa tête et ses pattes pendaient bizarrement. Elle approcha le museau de son visage. L'animal ne respirait plus.

« Non, non, non ! »

D'un geste brusque, elle s'agenouilla, étala le chien à terre devant elle, chercha les battements de son cœur des deux mains.

« Ted, réveille-toi ! Vite ! RÉVEILLE-TOI !! On va se promener ! Allez ! Je vais te donner de la viande, un os, on va jouer à la balle ! DEHORS ! »

Elle cessa de promettre à cause des sanglots qui montaient. Une avalanche à l'envers, de rage et d'impuissance. Ted était mort.

Elle se mit à vociférer, le chien pendant dans les bras. Sans le lâcher, elle se leva d'un bon et secoua un barreau d'acier de sa main libre. Elle secoua la grille de toutes ses forces. Elle voulait la tordre avec la puissance de sa fureur. Elle ne parvint qu'à faire tomber de la poussière du plafond.

Puis un violent spasme l'éjecta en arrière. Elle se cogna la tête sur le mur du fond et s'effondra, son corps malmené secoué en tous sens sur le sol en béton.

Personne ne vint.

***

La migraine ne la quittait plus. C'était cette chose, dans sa tête, son nouvel animal de compagnie. Cette chose qui lui parlait et lui transperçait le cerveau à coups de tiges de fer acérées. Son œil droit coulait continuellement. Une larme de douleur infinie.

Lara restait allongée près du corps de Ted. Depuis peu, l'animal avait commencé à se décomposer. Lara s'en fichait, elle restait près du cadavre, parfois cramponnée à lui comme à un ours en peluche. De temps en temps, elle surprenait Frankenstein dans le couloir. Elle ne distinguait que sa silhouette, car ouvrir les yeux en grand lui déchirait la tête de douleur. Le géant passait, lui jetait des restes de nourriture qu'elle ne touchait pas. Ils séchaient sur le sol sale, devenaient durs, trop durs lorsqu'elle finissait pas se ruer dessus pour les dévorer. Même la voix dans sa tête ne savait plus vraiment où elle était.

« Tu as pris ton bain ? Tu as parlé de bain pendant mille ans.

- Non, laisse-moi, je veux regarder le paysage d'abord.
- Le bébé, dans ton ventre, tu crois qu'il vit encore ?
- Je veux ma maman.
- Elle ressemble à quoi ?
- À moi ? ... On est où ?
- Je ne sais pas.
- À l'hôtel ? C'est les vacances ?
- Oui, sûrement.
- Je ne me souviens pas. On est partis quand ?
- Hier ? Attends, non, peut-être l'année dernière.
- Pourquoi ?
- Je ne sais pas. T'es qui toi d'abord ?
- Personne. Et toi ?
- Je... Mais sérieux, tu es qui ?? Arrête de me parler, ARRÊTE ! »

***

Cela n'avait rien à voir avec un vacarme ordinaire. Celui-ci était infiniment plus assourdissant. Infiniment plus inquiétant. Il remua sa migraine comme une perceuse enfoncée dans sa tempe. Ses tympans allaient éclater, elle avait bien trop mal aux oreilles pour regarder. Il fallait qu'elle se les bouche mais elle avait les bras trop courbaturés. Elle était trop faible pour se mouvoir comme il fallait. Elle ne savait plus, en outre, si les bruits qu'elle entendait venaient de sa tête ou de son environnement. Elle comprit que le vrombissement ne provenait pas de son inconscient lorsqu'elle vit la tronçonneuse.

L'objet hurlant vibrait dans les mains de Frankenstein, derrière lui se trouvait Queue de Rat, les bras croisés, accompagné d'un homme et d'une femme qui observaient le spectacle en souriant le plus paisiblement du monde, l'air de contempler une saynète un dimanche au parc. Le geôlier dirigeait la scie vers Lara. Le mugissement de la machine couvrit ses cris. Et il appliqua la lame sur les barreaux.

La terreur lui souffla assez d'énergie pour aller se tapir au coin de la pièce, échappant à une pluie d'étincelles de métal. Frankenstein avait scié deux barres. Elle se replia à côté du cadavre raide de Ted. Un autre barreau. L'homme et la femme aux sourires condescendants derrière lui. Puis la machine se tut. Le vrombissement mourut, et Queue de Rat s'attaqua aux barreaux à la main. Avec son acolyte, ils tirèrent sur la ferraille. Il resta un interstice assez grand pour qu'elle puisse sortir.

Mais à la place, ce furent eux qui y entrèrent.

Ils l'attrapèrent chacun par un bras. Elle se débattit tant qu'elle put, tout en sachant que le moindre de ses gestes serait vain.

« Je suis enceinte ! » paniqua-t-elle lorsqu'on lui enfonça un sac en papier sur la tête. Elle proféra à nouveau ces mots étouffés, comme une menace en l'air, avant de la vociférer de toutes ses forces.

Jusqu'à ce qu'elle sente l'aiguille s'enfoncer dans son bras. Un liquide chaud se propagea dans ses veines.

***

Lara se sentait comme flottant dans les airs et à la fois prisonnière d'une gravité rassurante. Elle sentait quelque chose de moelleux sous elle, de tellement délicat, frais et légèrement poussiéreux. Elle se pensait sur un nuage, elle étira les bras autour d'elle pour sentir le contact ouaté sur sa peau. L'une de ses mains, cependant, sembla se trouver au-dessus du vide.
Elle n'était pas sur un nuage. Juste dans un lit.

Elle se frotta les yeux, remua. Elle ne rêvait pas. Il s'agissait bien d'un matelas sur lequel elle reposait, et d'un oreiller sous sa tête. Des draps blancs et frais, couverts d'un pardessus aux tons rouge sombre. Elle rejeta vivement les couvertures sur le rebord du lit. Elles tombèrent sur un tapis persan.
Il n'y a pas de tapis persan à l'hôpital. Je ne suis pas à l'hôpital.
Avant de s'inquiéter d'où elle était, elle voulait savoir dans quel état elle se trouvait. Elle arracha le dernier drap. La première chose qu'elle vit était qu'on lui avait changé son pansement. En lieu et place du vieux bandage large et imprégné de crasse, une mince bande de gaze propre avait été placée sur la plaie. Elle examina ses jambes.

Elle avait considérablement maigri. Ses bras, eux aussi, lui parurent décharnés, dépassant du large tee-shirt bleu ciel dont elle était vêtue. Sa peau était constellée d'égratignures qui finissaient de cicatriser et de reliquats d'hématomes.

Elle passa une main dans ses cheveux et la sensation la fit sursauter. Elle tira sur une mèche, pour vérifier qu'il s'agissait bien des siens. C'était le cas. C'était juste que, pour la première fois depuis ce qui lui semblait une éternité, ils étaient propres. Cela lui parut invraisemblable. Sa chevelure emmêlée, graissée de transpiration et de nuits de cellule à même le sol qui la démangeait tant n'était plus à présent qu'une joyeuse cascade claire, lisse et parfumée. Son corps aussi, avait été nettoyé. Il n'y avait plus d'odeur de mort, juste celle d'une lotion à la verveine. Elle appliqua les deux mains aux ongles propres sur son visage. Ses yeux, son nez, sa bouche étaient à leur place. Elle avait aussi conservé toutes ses dents. Cela lui parut tellement absurde qu'elle se mit à rire, la tête dans les mains. Un petit rire nerveux et soulagé à la fois qui aurait dû être bref mais qui s'éternisa. Elle finit par pleurer de rire.

Elle s'arrêta net. Il y avait encore un sujet sérieux dont elle venait de se souvenir. Plus important que l'inventaire de ses dents ou la souplesse de ses cheveux. Elle agrippa son tee-shirt de ses mains fébriles et le souleva. La peau de son ventre était tendue, légèrement enflée. Une bosse à peine perceptible, mais diffuse dans le bas du ventre.

« Dieu merci », souffla-t-elle.
Il était en vie, lui aussi.

***

Le matelas grinça sur ses ressorts, et elle faillit tomber lorsqu'elle en descendit. Elle se sentait bien, pourtant, mais la position debout l'étourdit un instant. Elle avait dû rester allongée très longtemps.

La chambre était vaste, avec une architecture inhabituelle, faite de recoins et de renfoncements où se tenaient de vieux meubles en bois massifs et sombres. Elle pensa au mobilier Louis XV de son grand-père, cela y ressemblait. Les murs de blocs de pierre étaient couverts de tapisseries. Tout comme le carrelage était semé de tapis. Entre deux tapisseries se glissaient de vieux tableaux, dont certains délavés par des siècles de faisceaux poussiéreux. Il y avait une immense cheminée vide sur le côté. Sur l'une des tables de chevet, Lara reconnut ses bijoux et sa montre. On les lui avait enlevés et soigneusement déposés sur un napperon en dentelle.

Elle dirigea ses pas vers l'une des deux fenêtres aussi hautes qu'étroites, bordées de lourds rideaux de velours. Elle plissa les yeux. La lumière l'incommodait. Elle avait passé tant de temps dans l'obscurité que la clarté ambiante lui brûlait la rétine. Elle cligna plusieurs fois des yeux, et se pencha contre la vitre de verre gondolée.

C'était un paysage austère aux arbres dépouillés. Une colline grise qui descendait, dévastée par l'hiver. La hauteur lui donnait le vertige.

Bon, ça ressemble pas du tout à Paris.

Il y eut un grincement. Deux femmes entrèrent. Des domestiques, à leurs tenues. Elles cessèrent tout mouvement lorsqu'elles constatèrent que Lara s'était réveillée et levée.

« Bonjour », lança Lara sur le ton d'une question.

Les deux femmes se regardèrent, légèrement paniquées. La plus jeune tira sur la manche de sa collègue qui devait avoir la cinquantaine. Celle-ci s'empressa de secouer vigoureusement la tête devant l'air perdu de Lara et de disparaître derrière la porte avec sa collègue. Elles ne devaient pas parler français.

Lara haussa les épaules et alla ouvrir une porte qui donnait sur une salle de bain exiguë et vieillotte. C'était la première fois depuis tous ces évènements qu'elle croisait un miroir. Elle avait les traits tirés, deux égratignures superficielles et sérieusement besoin d'une crème de jour et d'un fond de teint couvrant. Elle ouvrit le placard à pharmacie et tomba sur des produits cosmétiques à moitié vides qui avaient l'air de se trouver là depuis quelques années au moins. Elle reconnaissait la plupart des marques et des logos que l'on retrouvait habituellement en grandes surfaces, mais le reste était inscrit dans les mêmes caractères que les boîtes de conserve de sa prison. Elle fut traversée d'un frisson glacial en repensant à la cage et sursauta très fort lorsqu'elle entendit du bruit dans la chambre.

Les deux employées étaient revenues avec un plateau chargé de nourriture et de vêtements pliés qu'elles déposèrent sur une table près de la cheminée.

« Vous pouvez me dire où je suis ? » fit-elle.

Les deux femmes se consultèrent du regard. La plus jeune se concentra avant de lui faire signe qu'elle ne comprenait pas.

« Oui, ok super. Pouvez-vous me dire où il y a un téléphone ? Il faut que je passe un coup de fil. »

Devant la mine déconfite de son interlocutrice, Lara tenta la même question en anglais et obtint le même résultat.

Lasse, Lara leur adressa un geste de la main pour leur signaler qu'elles pouvaient disposer. *Dégager* était un terme plus exact. Ce qu'elles firent avec un soulagement manifeste.

Pas de problème. Je vais me démerder toute seule.

Elle alla jusqu'au plateau, fourra un gâteau sec dans sa bouche et déplia à la hâte les vêtements qu'on venait de lui donner.

C'est ça le plan ? J'arrive avec une robe Valentino et un vison et je repars avec des trucs que même La Redoute oserait pas mettre au catalogue ?

Elle enfila néanmoins le pantalon informe à la couleur indéfinissable et le chemisier gris de deux tailles trop grand.

Je sais pas qui m'a recueillie ici, mais on sait déjà qu'il a un goût vestimentaire qui craint.

Elle se pressa d'avaler son sablé et sortit de sa chambre.

***

Merde ! Il faut une carte pour se repérer ici ou c'est comment ?

Lara traversa un troisième couloir qui donnait encore sur une longue galerie sans chauffage, bordée d'appliques et de vieilles tapisseries sur les murs. Ses pieds nus foulaient alternativement des tapis râpeux et des tommettes glaciales et elle ne parvenait pas à arrêter un choix sur ce qu'elle préférait.

Au moins vu la déco du Moyen Âge et l'architecture, on est dans un château. C'est déjà ça d'à peu près certain.

Elle avait deux autres certitudes recueillies peu après son réveil. Elle se sentait bien. Et elle était sortie de l'enfer. Elle rajouta à sa liste qu'il faudrait également qu'elle passe chez l'esthéticienne en rentrant. Et ses parents. Et Damien. Oui, en effet, il allait falloir qu'elle leur téléphone.

Ensuite, il faudra aller chez un bon obstétricien. Et adopter un nouveau chien.

Elle s'arrêta. Elle revit le cadavre de Ted allongé à côté d'elle. Elle sentit qu'elle allait pleurer mais se força à ravaler ses larmes. Elle avait des urgences à traiter avant.

Tu pleureras tout ce qu'il faut en rentrant à Paris, c'est pas le moment.

Glissant sur la pointe des pieds, elle ouvrit une porte au hasard. Une chambre déserte qui prenait la poussière. Elle tenta deux autres portes et fit le même constat. Pas un foutu téléphone.

Un interstice sombre se dessina au fond de la galerie. Un escalier de pierre en colimaçon. Lara hésita, puis décida de descendre. S'il y avait un téléphone dans cette baraque préhistorique, il aurait plus de chances de se trouver au rez-de-chaussée. Lara descendit tous les étages en tremblant de froid, au moins trois paliers, jusqu'à tomber sur une grille en fer devant l'escalier qui continuait à descendre dans le noir. Lara sentit son cœur s'accélérer à la vue des barreaux. Paniquée, elle se retourna et constata rapidement qu'elle était du bon côté de la grille, et qu'elle était parvenue au rez-de-chaussée.

En bas, la galerie débouchant sur les escaliers était plus grande, plus lumineuse, mais surtout mieux chauffée. Les hautes fenêtres donnaient sur un jardin recouvert de neige. Elle avança, prudente, et entra dans une pièce dont les deux battants de la porte étaient grands ouverts. C'était un salon avec des meubles d'époque. Çà et là, quelques objets assurèrent à

Lara qu'elle n'avait pas voyagé dans le temps après avoir été enlevée.

Quoique... pensa-t-elle à la vue d'une pile de cassettes de musique classique.

Elle parcourut les recoins de la pièce à la recherche d'un téléphone, commençant par là où il y avait des prises. Mais chacune d'elles était branchée à une lampe.

Elle se cogna violemment la tête sous un guéridon quand elle entendit une respiration. La vieille femme de chambre venait de la surprendre en train de fouiner. Lara s'empressa de se lever en frottant son crâne douloureux.

« Excusez-moi, dit-elle. Je cherche juste un téléphone. Vous voyez ? Un téléphone ? »

Lara mima un combiné de la main, et la femme de chambre repartit aussitôt, l'air si effarouché que Lara se demanda si le mot « téléphone » dans la langue locale signifiait quelque chose du style « je suis une meurtrière en série recherchée par Interpol et je vais vous embrocher vivante au-dessus des flammes de l'enfer ».

Elle reprit ses fouilles.

Rien que de la poussière et du mobilier pour dépressifs. Voyons voir une autre pièce.

Elle allait sortir lorsqu'elle manqua de se cogner contre un inconnu. La surprise la fit reculer de quelques mètres. Dans sa frayeur, elle trébucha contre l'accoudoir d'un sofa sur lequel elle tomba assise.

L'homme en face d'elle était un vieillard immense à l'allure d'aristocrate. Il se tenait droit comme un édifice à l'aide d'une canne. Quelques rares cheveux gris peignés à l'arrière et des yeux bleus, vifs. Sa veste parfaitement ajustée était décorée d'une discrète médaille, sans doute une récompense, Lara n'en savait rien, elle ne s'y connaissait pas tellement en matière de mérite.

Elle bondit du canapé et s'approcha du vieil homme qui la couvait d'un regard aimable.

« Bonjour, euh... Hello, pardon. »

Les yeux bleus de l'inconnu s'illuminèrent.

« Vous êtes française ? »

Lara faillit sauter de joie, elle rit nerveusement à la place. Elle ne savait pas par où commencer.

« Oui, oui. Je suis française. Vous aussi apparemment ! C'est chez vous, ici ?
- Tout à fait. Bienvenue. Je n'ai pas eu l'occasion de vous le dire plus tôt car vous avez dormi... longtemps.
- Oui, je m'en doute. D'ailleurs, on est où, exactement ici ? Je veux dire, quel pays ?
- Vous êtes en Ukraine, ma chère. »

Lara eut le souffle coupé. Elle sentit ses jambes se dérober sous elle. Le vieil homme s'en inquiéta et l'invita d'un geste ferme à se rasseoir sur le sofa. Il s'installa sur un fauteuil en face d'elle tandis qu'elle reprenait ses esprits. Elle s'était imaginée avoir été trimballée jusqu'en Allemagne, à la rigueur, mais pas à l'autre bout de l'Europe.

« EN UKRAINE ??!! cria-t-elle.

- Oui, répondit-il d'un ton calme. Vous êtes à l'est de l'Ukraine. Et il est fort inquiétant que vous n'ayez aucune idée d'où vous vous trouvez. J'ai déjà compris, à votre arrivée ici, qu'il a dû vous arriver une bien malencontreuse aventure.
- Comment je suis arrivée ici ? Chez vous, je veux dire.
- Mon fils vous a trouvée sans connaissance au bord d'une route de campagne en repartant d'ici. »

La bouche de Lara s'ouvrait à mesure que son hôte parlait.

« Il vous a portée dans sa voiture et vous a amenée ici. Ma fille est médecin. Elle vous a examinée et soignée le temps que vous repreniez connaissance. C'était préférable, car la route était mauvaise et il aurait fallu rouler plusieurs heures pour rejoindre l'hôpital le plus proche. Le temps pressait, votre état était très inquiétant. Vous portiez une tenue trop inappropriée pour une sortie en promenade, et sembliez avoir été victime de mauvais traitements. Votre plaie au pied était infectée et de plus, vous étiez enceinte. »

Lara se raidit, son visage reperdit en une seconde le peu de couleurs qu'il avait repris.

« Rassurez-vous, vous l'êtes toujours ! Excusez-moi, je n'aurais pas dû parler au passé. Voilà, en somme. Je vous ai donc gardée ici le temps de vous remettre. »

Lara resta abasourdie. Elle finit, tant bien que mal, par refermer sa mâchoire puis tenta de rassembler ses idées.

« Est-ce que vous avez téléphoné à la police ?
- Évidemment. J'ai contacté le poste le plus proche, je les connais bien. Le chef s'est déplacé ici en personne et m'a annoncé qu'il ne pouvait rien faire pour le moment, qu'il fallait attendre que vous émergiez et repreniez vos esprits et, si nécessaire, que nous vous accompagnions le voir ensuite. Il sera très surpris lorsqu'il apprendra que vous êtes française, d'ailleurs. Sans vouloir jouer sur les mots, vous revenez de loin.
- Oui, je vis à Paris. J'ai été enlevée contre rançon, amenée dans les environs, je suppose, et séquestrée. Mon ravisseur m'a coupé l'orteil juste avant d'être foudroyé par une crise cardiaque. Mes geôliers ont brûlé son corps et les clés de ma cellule avec. Ils n'ont pas pu rouvrir ma cage, après cela. Je suis restée enfermée... je ne sais pas... des semaines, je pense. Mon chien est mort. Je ne sais même pas comment je me suis retrouvée sur la route. Je ne me souviens pas être sortie. »

Le vieil homme se penchait en avant sur son siège à mesure que le récit de Lara l'accablait.

« Ils ont dû vous relâcher dans la nature au sens propre du terme, si je puis me permettre. Ou bien vous avez réussi à vous échapper. Quoi qu'il en soit, ma pauvre enfant, vous avez un courage exemplaire. »

Lara essuya deux larmes qui s'étaient échappées sans son autorisation. Elle avait fini par croire, dans sa captivité, qu'elle n'en réchapperait plus, qu'elle allait mourir dans sa cellule rouillée. Elle était tellement diminuée, les derniers temps, qu'elle n'avait même plus été en mesure de penser, ni de croire quoi que ce soit. Elle délirait, et avait fini sa captivité plus morte que vivante. Elle pleurait de gratitude d'être en vie. Elle pleurait de douleur à exprimer pour la première fois cette histoire abominable de vive voix. Et elle pleurait car c'était bien la première fois qu'elle entendait quelqu'un lui dire qu'elle était courageuse. Elle pleurait car elle aurait tout donné pour que ses parents entendent cette dernière phrase.

Elle s'était débattue. Pour rester en vie, pour son chien avec qui elle avait partagé ses vivres, et pour l'enfant qu'elle ne s'attendait pas à porter. Elle n'avait plus grand chose de la Barbie enlevée saoule à la sortie d'une boîte de nuit.

Le vieil homme se pencha encore et lui prit les mains. Il avait la peau aussi sèche et froide qu'elle.

« Ne vous inquiétez pas, mon petit, vous êtes entre de bonnes mains ici. Je vous ferai conduire au poste de police dès demain pour qu'ils vous entendent, et nous ferons le nécessaire pour vous conduire à l'aéroport le plus proche avec un billet pour Paris. »

Lara aurait voulu lui sauter au cou et l'embrasser mais son éducation reprit le dessus.

« Merci infiniment, cher Monsieur. Je ne connais pas votre nom, d'ailleurs.
- Vous pouvez m'appeler Henri.

- D'accord, Henri. Merci. Du fond du cœur. Je m'appelle Lara.
- C'est le moins que je puisse faire, chère Lara. »

Lara lâcha les mains de son hôte.

« Au fait, Henri, avec votre permission j'aimerais utiliser votre téléphone pour contacter mes parents.
- Ma pauvre, dit-il, l'air désolé. Ce ne sera malheureusement pas possible aujourd'hui. Il y a eu une mauvaise tempête et la ligne est coupée depuis avant-hier.
- Oh non !...
- Mais un employé des télécoms va venir réparer cela demain matin. C'est fréquent ici. C'est un endroit coupé du monde, vous savez... Mes aïeux ont dû faire sans, eux aussi. Enfin, eux n'avaient pas encore le téléphone...
- Je comprends. En revanche, sans vouloir abuser de votre gentillesse, auriez-vous à tout hasard un téléphone portable ? »

Il rit et hocha négativement la tête.

« Non, je ne suis pas équipé de ce genre de gadget, j'ai passé l'âge de m'amuser avec les nouveaux jouets qui sortent aujourd'hui. La technologie n'a jamais été ma tasse de thé.
- Quelqu'un ici, peut-être ? L'un de vos employés ? Je lui rembourserai la communication bien entendu.
- Mes enfants en ont mais ils se plaignent de n'avoir aucun réseau ici.
- Je peux toujours essayer.
- Ils ne sont pas là. Ils ne vivent pas ici.
- Mer... mince alors. »

Le vieil homme sembla soudain frappé d'une idée de génie.

« Mais vous pourrez leur demander ce soir ! J'organise une réception pour mon anniversaire, avec la famille et les amis qu'il me reste. Je pense que quelques-uns d'entre eux doivent bien avoir des antennes qui captent, sait-on jamais ? Et puisque vous tenez sur vos jambes et que vous êtes enfin réveillée, cela tombe très bien : vous êtes également conviée ! Cela vous fera une soirée d'adieu avant de rentrer chez vous, en quelque sorte.
- En quelque sorte, oui… J'accepte avec plaisir, Henri. »

Il se releva d'un coup à l'aide de sa canne.

« Bien, dans ce cas, je vous laisse vous reposer. J'ai encore quelques points à passer en revue avec la gouvernante pour ce soir. La réception commence à vingt heures. Je vais demander aux femmes de chambre de vous trouver une tenue dans les placards, si vous êtes d'accord.
- Parfaitement d'accord, merci beaucoup.
- Alors, à ce soir. »

Il allait disparaître lorsqu'une question cruciale vint à Lara.

« Henri ? »

Il se retourna en souriant.

« Pouvez-vous me dire quel jour nous sommes ?
- Le 7 mars 2000. »

Un silence s'installa tandis qu'elle gardait les yeux écarquillés, hypnotisée par le vide.

« Merci Henri. »

***

Lara fit une longue sieste, allongée dans le lit. Elle dormit sans repos, d'un sommeil agité, matraqué de flashs. Les barreaux rouillés, Ted qui aboyait, une boîte de conserve roulant sur le sol, Ted qui se décomposait, son pied qu'on mutilait à la tenaille, ses hurlements, Frankenstein lui jetant de la nourriture, l'épiant dans le noir, son pansement sale, les déjections à côté desquelles elle s'endormait, le ravisseur, les raviolis froids, les inconnus qui l'examinaient parfois de l'autre côté de la cage avant de disparaître. Elle revint en arrière, rembobina les bribes d'horreur. *La tronçonneuse.* Il y avait eu quelque chose, oui. Elle ne s'était pas enfuie.

Lara s'assit et se concentra. Les geôliers, le métal qu'on sciait. Un homme et une femme entrevus le temps qu'on lui mette un sac sur la tête. *Et après, ici.*

Il manquait une partie importante de l'histoire, le trait d'union entre sa captivité et son arrivée ici. Avait-elle trouvé la force de s'enfuir ? Elle sentit la migraine pointer dans sa tempe. Avait-elle été abandonnée sur le bord de la route ? La douleur descendit jusqu'aux sinus.

Pourquoi ?

La migraine lui traversa la moitié du cerveau dans l'autre sens. Les souvenirs finiraient pas revenir plus tard. Et la douleur fit à nouveau demi-tour, allant se nicher derrière son œil, appuyant sur ses nerfs.

Elle ferma les yeux et décida de ne plus réfléchir. Elle se rendormit avec l'idée que le lendemain, elle serait de retour à Paris.

***

Il faisait nuit noire dehors lorsqu'elle se réveilla. Elle avait la gorge sèche comme après avoir dormi un siècle. Elle alluma la veilleuse et savoura ce geste. Cela faisait des semaines qu'elle n'avait pas eu la chance d'allumer la lumière. Deux mois exactement.

La vieille horloge silencieuse indiquait dix-neuf heures dix. On avait déposé un panier sur la table pendant son sommeil. Il était rempli de divers objets, et Lara déplia le mot posé au-dessus :

« Chère Lara,

Je suis heureux de vous compter parmi mes invités de ce soir. Vous trouverez ici un nécessaire de toilette, du maquillage que ma fille vous a déniché, ainsi que des vêtements qui devraient être à votre taille. N'ayez pas d'inquiétude pour votre mise, ce n'est qu'une modeste réception, et votre grâce naturelle, j'en suis convaincu, l'emportera sur l'approximation de votre tenue.

Amitiés,

Henri. »

Lara fut flattée au plus haut point. Les compliments s'étaient faits rares, ces derniers temps. Et s'ils avaient jamais existé, il y avait eu la barrière de la langue. Après avoir été malmenée tant de temps, déshumanisée et privée de la féminité sur laquelle elle avait misé une vie durant, tout éloge était bon à saisir, quand bien même fût-il de la bouche d'un fossile de quatre-vingt dix ans.

Ranimée par ces mots, par la disparition de sa migraine et la perspective de retrouver bientôt son univers en bonne santé, Lara commença à fouiller joyeusement le panier, le vida de tous les produits cosmétiques avec lesquels elle s'enferma dans la salle de bain rose saumon. Même le jet irrégulier et capricieux de la baignoire lui paraissait merveilleux. Le shampoing était un rêve, le savon à la lavande avait l'odeur du paradis. Et la présence d'un sèche-cheveux, certes d'une marque inconnue mais en état de marche, achevait de rendre ce moment d'une perfection irréelle.

Lorsqu'elle fut coiffée, maquillée et parfumée de la dernière goutte d'un flacon de Guerlain fatigué, elle extirpa sa tenue du panier. Elle déroula le tissu soyeux qui avait l'apparence d'une toge vert pâle plutôt informe. Elle porta le vêtement à bout de bras pour mieux l'examiner, mais cela ne changea pas la forme de la robe.

C'est ça ou rien de toute façon. Et ce sera toujours mieux que ce pantalon atroce.

Elle se déshabilla et passa la robe par-dessus sa tête. Elle déroula le tissu le long de son corps jusqu'à l'ourlet qui lui caressait la pointe des pieds. La confection était plus étroite qu'elle ne l'aurait imaginé face au vêtement déplié. Curieuse, elle avança jusqu'au vieux miroir dissimulé dans un renfoncement à même le sol à pas prudents, car les coutures ne lui autorisaient pas une grande liberté de mouvement. Elle craignait de la déchirer d'un geste trop brutal. Et elle suspendit son souffle lorsqu'elle fit face à son reflet.

La robe tombait au millimètre près, épousant à la perfection sa silhouette. Tant et si bien qu'elle pensa qu'elle ne serait sans doute pas entrée dans cet habit avant sa captivité qui avait dû la délester de quelques kilos. Le détail le plus improbable était que le tissu, ajusté sur tout son corps, était très légèrement drapé au niveau du ventre, ne le comprimait pas, comme s'il s'agissait d'une robe conçue pour femmes enceintes.

Comme si c'était une robe conçue pour moi.

L'espace d'une seconde d'angoisse, elle s'imagina les femmes de chambre penchées sur elle pendant son sommeil, prenant ses mesures avec un mètre, déroulant du fil, cousant les pièces de tissu à même sa peau avec d'immenses aiguilles. Elle chassa cette idée absurde d'un revers de la main. Ce vêtement n'avait pas été cousu sur mesure. C'était juste une coïncidence.

L'horloge indiquait vingt heures quinze. Cela lui allait. Elle avait l'habitude de se faire désirer. Elle se souvint néanmoins que personnes ne la connaissait ici. Par conséquent, ménager un suspense autour de son apparition n'aurait ce soir aucun sens et serait juste impoli. Il fallait descendre. Ainsi, pour la première fois de sa vie, elle comptait se présenter à l'heure à une soirée.

***

Une rumeur de banquet résonnait tandis qu'elle se rapprochait du rez-de-chaussée. Un brouhaha poli indistinct et polyglotte à peine recouvert par les notes tranquilles d'un piano. Des effluves de brioches encore chaudes qui montaient jusqu'aux escaliers avec l'écho de quelques rires mesurés. Lara en déduit que les petits fours devaient être exceptionnels. Son ventre se tordait de faim.

À ce niveau, c'est même plus un petit creux, c'est carrément une dalle du futur.

Elle se demanda qui seraient les invités. Il y aurait sans doute des Français. Certains d'entre eux seraient même au courant de sa disparition. Son père était connu, et cette histoire devait avoir tourné sur toutes les chaînes de télévision.

Elle ne remarqua qu'en cet instant qu'elle était pieds nus, son pansement pour toute chaussure. On ne lui en avait pas fait monter, sans doute parce que rien ici ne coïncidait avec sa pointure. Par chance, la robe lui couvrait les pieds, et personne ne s'apercevrait de rien. Elle se demanda comment elle devrait procéder à l'avenir pour chausser son pied mutilé. Elle eut un pincement au cœur en pensant à sa collection de sandales et chaussures ouvertes qui l'attendait dans son dressing à Paris, ses talons de quinze centimètres, les lanières de toutes les couleurs possibles, ses mules à strass, à plumes, sans compter les pièces uniques qu'elle avait obtenues d'amis stylistes. Elle songea à Saint-Tropez, Miami, Portofino. Ses étés ne seraient plus jamais les mêmes sans toutes ces sandales. Puis le pincement se mua en haut-le-cœur dont elle ne savait pas s'il fallait le mettre sur le compte de sa grossesse ou sur l'idée de devoir porter des chaussures orthopédiques pour le restant de ses jours.

Il ne lui restait plus que quelques marches à descendre lorsqu'elle croisa les deux femmes de chambres qui montaient. À leur expression soulagée, Lara devina qu'Henri les avait envoyées la chercher dans sa chambre et qu'elles n'avaient pas à grimper plus haut.

La plus âgée s'empressa de sourire et récita au travers d'un très lourd accent : « Veuillez me suivre Mademoiselle ».

Lara acquiesça en souriant et se laissa escorter par les deux employées. Elles franchirent la grille ouverte devant le rez-de-chaussée. Lara s'arrêta, surprise, pointant le seuil d'un doigt hésitant.

« Ce n'est pas plutôt là ? » demanda-t-elle.

La plus jeune hocha négativement la tête, l'air anxieux, et lui fit signe de continuer à les suivre. Lara obéit. Après tout, le château était immense, la salle de réception pouvait très bien se trouver plus bas.

Cependant, à mesure qu'elles descendaient l'escalier en colimaçon faiblement éclairé par des torches éparses, les odeurs de petits fours et de viande fumée disparurent. Lara n'entendait plus qu'une faible rumeur de voix joyeuses étouffée par les murs.

Les effluves de nourriture s'estompèrent tout à fait. Peu à peu, une autre odeur monta les escaliers à sa rencontre. Une odeur âcre, spongieuse et humide. Une odeur douceâtre de vase, de lac artificiel. Lara grimaça d'écœurement et se reprit avant qu'on ne surprenne son expression de dégoût impolie. Mais l'odeur montait, avec un son étrange, déplacé, un écho faible de clapotis.

On s'éloigne un peu trop du buffet à mon goût.

Les femmes de chambre s'arrêtèrent sur le seuil d'une pièce circulaire et s'écartèrent pour laisser passer Lara. Elle marcha deux pas à l'intérieur et s'arrêta net.

Juste au-dessus du vide.

***

Elle se tenait sur un plancher de bois fragile qui courait comme une bande de moins d'un mètre de large, épousant le mur de pierre circulaire. Le plafond de la tour était si haut qu'on n'en voyait pas la fin d'ici. Sous les planches, une échelle de fer aux barreaux tordus achevait de descendre dans des profondeurs obscures à perte de vue d'où parvenait un infâme relent de marécage.

Le cœur de Lara cessa de fonctionner avant de redémarrer, fracassant sa poitrine. Elle resta campée sur ses pieds, paralysée par la peur du vide, s'ordonnant à tout prix de garder l'équilibre avant de tenter un pas en arrière. La moindre hésitation pouvait la faire chuter.

Elle manqua de vaciller lorsqu'une lumière diffuse inégale éclaira les entrailles de la tour.

À ce qui semblait être deux étages plus bas, la tour était dotée d'une demi-douzaine d'ouvertures en arc de cercle. Des fenêtres comme des loges avec vue sur le gouffre noir.

Et derrière ces fenêtres se tenaient ceux qui devaient être les invités. Ils étaient une trentaine, à se poster à ces ouvertures, se tenant droits, l'expression à la fois digne et ravie, la mine qu'on affiche à une cérémonie heureuse.

C'est quoi mon Dieu qui sont ces gens ?

Ils étaient tous vêtus de la même manière. Une cape rouge par-dessus leur costume de soirée, nouée autour du cou, le regard uniforme, avide. C'est là qu'elle les reconnut. Henri la contemplait depuis sa loge personnelle, entouré de l'homme et la femme qu'elle avait revus en rêve. L'homme et la femme qui se tenaient derrière Frankenstein lorsqu'il sciait les barreaux. *Eux*. Les enfants d'Henri. Ils l'avaient *achetée*, et amenée ici.

Pour ce qui ressemblait fort à une scène de sacrifice.

Non, fut le seul mot qui lui vint à l'esprit. Non, parce que ce n'était pas possible. Non, parce qu'elle avait *déjà* échappé au pire. Non, parce qu'on n'était pas dans un film. Non, parce que ces choses-là n'existent pas. Non, parce que ce qui se trouvait en bas n'avait rien de logique.

La lumière éclairait faiblement le fond. En surface, du moins, car c'était bien de liquide qu'il s'agissait. Une étendue d'eau noire à quinze mètres sous ses pieds. La surface était calme, lisse, l'on n'entendait que des bruits de gouttes portés par l'écho de la pierre. Et l'on n'avait aucune idée d'où s'en trouvait le plancher. Car ce puits immense, tel que le voyait Lara, paraissait sans fond.

Elle demeurait figée, attendant le bon moment pour esquisser un geste de recul. Elle était encore trop sonnée.

Si je tremble, c'est fini. Un mauvais geste, une rature et je tombe.

Elle ressentit un silence étrange, la seconde qui suivit. Il lui sembla que l'assistance entière avait cessé de respirer. Elle n'entendait plus que les battements assourdissants de son propre cœur.

Il y avait quelque chose dans l'eau.

***

La surface plane se troubla, formant de légers cercles au centre de la tour qui s'étalaient, placides, jusqu'aux parois. De fines bulles crevèrent le centre de l'étendue. Puis des bulles plus grosses, plus bruyantes, comme lancées par une machine.

Jusqu'au bouillonnement.

Les murs centenaires se mirent à trembler, toute la colonne de pierre immense vibra dans le murmure de ce qui allait surgir.

Et une chose creva la surface. Une chose grise et sans yeux, flasque, puissante et molle, au corps gigantesque, des excroissances hideusement sphériques pour membres. Une bouche immense aux lèvres de poisson répugnantes. La chose s'élança hors de l'eau, jaillit d'une partie de son corps, laissant l'ampleur du reste encore immergée, Dieu savait quelle envergure elle occupait encore sous l'eau noire.

Et la bête replongea, disparut sous un giclement d'éclaboussures si violent que Lara fut fouettée au visage d'eau poisseuse. La gifle sauvage de cette eau glaciale et infecte la réveilla.

C'est maintenant.

Lara tendit un bras derrière elle pour trouver un appui. Elle attrapa quelque chose de tendre, une prise chaude qui semblait rassurante. C'était le bras de la vieille femme de chambre. Celle-ci replia son coude pour se dégager, et avec sa complice, sans un mot, poussa Lara dans le gouffre.

***

La chute lui parut infinie. Elle traversa le vide en hurlant. Elle allait mourir comme ça, sans y avoir pensé, dévorée par une bête jamais vue sous les yeux d'un attroupement d'inconnus. Elle voulait un deuxième essai. Pas aujourd'hui. *Je vais mourir maintenant. Avec le bébé.* Elle agita furieusement les jambes comme si elle pensait pouvoir courir dans l'air, remonter le vide au mépris de la gravité.

Elle se débattit de plus belle lorsqu'émergea la tête du monstre. Il ouvrit son immense gueule et s'immobilisa dans le grondement sourd et tonitruant de sa bouche béante.

Lara s'arracha la gorge dans son dernier hurlement. Il fut si puissant, amplifié par les vieux murs et la résonance de l'eau, que certains convives durent se boucher les oreilles.

Puis il y eut un tonnerre d'applaudissements lorsque claqua l'abominable mâchoire, se refermant sur Lara.

***

Lara fut aspirée dans les entrailles de la bête dans un bruit de succion assourdissant. Elle glissa contre des parois chaudes et visqueuses.

Des cloisons vivantes qui palpitaient, ballotant son corps dans les profondeurs des entrailles mouvantes.

Elle manquait d'air. La bête ne l'avait pas dévorée, elle l'avait gobée. Elle allait mourir asphyxiée. Lara sentit son corps s'affaiblir, perdre vie. À cet instant, elle aurait souhaité être déjà morte.

Adieu, alors.

***

Tandis que ses forces la quittaient dans la bête placide et rassasiée, quand son cerveau fut comme rempli de coton, son corps eut un soubresaut. Ses bras et ses jambes s'arquèrent, se projetèrent en tous sens, se lançant involontairement dans les parois digestives de l'animal, s'enfonçant dans les membranes. Les coutures de la robe se déchirèrent. Le pied blessé de Lara projeté en arrière creva un tissu visqueux.

Tout son corps sans volonté rendu hystérique se cabra d'à-coups frénétiques. Dans son inconscience, tandis que sa crise d'épilepsie atteignait son paroxysme, un torrent de bile la souleva. Lara fut mélangée, ballotée sauvagement dans le liquide acide, secouée par la bête qui se débattait, se tordant de douleur dans le puits.

Lara cessa de remuer. Elle suffoquait dans l'humidité brûlante. Le liquide épais sous elle montait, elle macérait dedans. Et le monstre ne cessait de s'agiter. Lara continua de se débattre, consciente à présent.

Je suis encore là... je suis...

Il y eut une secousse invraisemblable, une rumeur de tremblement de terre, de chute d'avion dans l'océan. D'un coup, la bile jaillit comme une fontaine dans l'œsophage du monstre, remonta Lara, et la projeta hors de sa bouche.

Lara, lancée hors du monstre, hors de l'eau, fit malgré elle une figure d'animal aquatique sans que nul spectateur ne soit plus aux loges pour la voir.

***

Le monstre avait replongé. Disparu sous la surface, tapi au fond du puits d'où mourait un dernier râle de douleur.

Terrorisée, Lara pataugeait au hasard avec des grands gestes affolés, désynchronisés. Elle ne savait plus rien, où elle était, si elle était vraiment encore en vie, ou si tout cela était un cauchemar trop réaliste, une hallucination, ou l'entrée dans l'au-delà.

Elle toussa, cracha de l'eau sale. Elle s'agita, lestée par le tissu mouillé de sa robe déchirée. Ses gestes se firent plus calmes, son pouls ralentit. Un silence de monument humide dans la tour de pierre. Il n'y avait plus que le bruit de sa respiration affolée.

Je suis vivante. Pour de vrai.

Elle tournoya sur elle-même. Il était inutile d'appeler au secours. Personne ici ne la repêcherait. Elle ouvrit grand les yeux et attendit qu'ils s'accommodent à l'obscurité. Car les lumières des loges s'étaient éteintes, il ne restait qu'une faible lueur provenant d'une fenêtre sans spectateurs. Lara cherchait l'échelle qu'elle avait aperçue avant sa chute. Elle nagea jusqu'au mur circulaire et commença à tâter les parois. Ses mains dérapaient sur les pierres glissantes, souillées d'une pellicule vaseuse.

Elle entreprit de longer le mur à l'aveugle, centimètre par centimètre, le caressant d'un bras, avançant dans l'eau de l'autre. Les gestes l'épuisaient. Elle poursuivit sa ronde en pleurant. Elle ne pouvait pas s'en empêcher. Elle pleurait parce qu'elle était morte de peur, parce qu'elle était en vie, et parce que sa situation rendait la chose très provisoire.

L'os de son poignet rencontra un objet métallique. Sans plus y croire, elle y appliqua la paume de la main, jaugea sa forme. Le premier barreau hors de l'eau. Elle ne put retenir un ricanement hystérique qui la fit à nouveau tousser et cracher de l'eau.

Elle s'agrippa, se hissa douloureusement, chercha en même temps un appui pour ses pieds. Elle trouva la partie immergée de l'échelle.

Ok c'est parti. Un... deux...

Elle démarra son ascension. Elle eut une sensation désagréable en sortant ses pieds de l'eau, celui d'une algue gluante enlacée à la pointe de ses orteils. Sans regarder en bas, Lara secoua nerveusement la jambe en équilibre sur son autre pied, et le pansement mouillé s'en détacha pour aller flotter à la surface.

Elle avait toutes les peines du monde à progresser, à hisser son corps endolori et trempé, à garder prise sur les barres grasses et instables. Entre rire et larmes, elle se supplia de tenir bon. En bas, l'eau était désormais d'une inquiétante placidité.

Elle parvint à grimper jusqu'au niveau des loges. Elle attrapa un rebord sec, risqua une contorsion de côté et s'agrippa de toute la force de ses bras. Le frottement de la pierre sèche lui lacéra les bras, imprimant son sang sur le mur. Elle sentait mille aiguilles brûlantes s'infiltrer dans les entailles de sa peau, et faillit lâcher avant de pousser un grognement de rage.

Elle y était presque. Elle n'avait plus qu'à glisser sur le ventre. Elle hésita. Elle risquait de blesser son enfant en l'écrasant de son poids.

Et si je monte plus haut, je risque de ne pas pouvoir grimper sur les planches. Je vais tomber, la bête va me ravaler. Et là c'est sûr, je vais mourir. On va mourir tous les deux.

Elle avait une semi-certitude. Il ne pouvait plus vraiment y avoir de bébé avec ce qui venait de se passer. Il n'avait pas pu survivre à sa chute dans la gueule du monstre, ni à l'asphyxie. Alors elle glissa sur le ventre, passa de l'autre côté et roula sur le plancher de la loge.

***

Elle s'adossa contre le mur, se recroquevilla, haletante. La pièce était nue, à l'exception de quelques tables à moitié bancales où reposaient des chandeliers. La lueur venait des bougies, il n'y avait pas d'électricité dans cette salle sordide qui longeait la tour.
Et maintenant ?
Elle baissa les yeux et étouffa un cri d'horreur. C'était la première fois qu'elle voyait son pied mutilé sans pansement. Une cicatrice humide encore boursouflée. Elle suffoqua de fureur, elle mourait d'envie de s'effondrer, de laisser libre cours à la crise de nerfs qui montait mais elle savait qu'elle avait d'autres priorités pour le moment.

Elle devait trouver la sortie, et une idée pour s'enfuir d'ici avec un certain nombre de facteurs très handicapants à prendre en compte. C'était bien la situation la plus compliquée à laquelle elle n'aurait jamais cru être en mesure de réfléchir de toute sa vie. Les seules énigmes auxquelles elle s'était accoutumée jusqu'alors, étaient de savoir quel rouge à lèvres serait le mieux assorti à son sac à main, ou si elle demandait au coiffeur le plus en vue de Saint-Germain-des-Prés la coupe de Jennifer Aniston ou plutôt la dernière de Gwyneth Paltrow. Et à présent, la question était de savoir comment elle s'enfuirait à moitié à poil, imbibée d'eau, blessée, d'une demeure où on venait de collectivement l'assassiner de sang froid, plantée dans une campagne enneigée une nuit d'hiver à l'autre bout de l'Europe ? Elle recalcula les faits, analysa les composantes de cette complexe question à rallonge.

Quel merdier, la vache ! Mais pourquoi ça m'arrive à moi !?

Elle venait à peine de commencer à en démêler les fils que quelqu'un entra dans la pièce.

Lara se figea, tenta de se rendre indétectable sous l'ombre du rebord où elle était tapie, tandis que la silhouette avançait tranquillement. La jeune femme de chambre entra dans la lueur des bougies. Elle s'avançait dans la pièce en chantonnant, ramassant çà et là serviettes blanches et petits fours abandonnés sur les tables alentour. Elle s'arrêta d'un coup, saisie d'un sentiment de malaise. Elle plissa les yeux et chercha ce qui la gênait dans le noir. Lorsqu'elle vit Lara tapie dans l'ombre, la domestique esquissa un pas en arrière, l'air de ne pas y croire. Elle resta interdite devant ce qui s'avérait être une survivante miraculée.

Lorsque l'effet de choc fut passé, lorsque la raison fut revenue et qu'elle fut prête à courir chercher du renfort, Lara lui fonça dessus et la plaqua au sol sur le ventre. Elle attrapa son chignon blond d'une main et tira. L'employée poussa un râle de douleur et Lara lui cogna la tête contre le sol.

Il y eut un autre mouvement dans la pièce immense. Et l'autre femme de chambre apparut dans la lumière pâle. Interloquée, elle resta raide, à quelques pas. Elle n'en revenait pas. *Comment cette fille a pu s'en sortir ?* clamaient ses yeux, par-delà la barrière de la langue. Elle se ressaisit vite et courut porter secours à sa camarade.

Elle fondit sur Lara à califourchon sur sa victime. Elle lui envoya une pluie de coups de pieds et de poings tandis que sous elle, la proie de Lara parvenait à se tortiller pour se dégager, le front ensanglanté.
Lara encaissait les coups, s'interdisant de crier pour ne pas donner l'alerte. Elle frappait à l'aveugle, en tous sens. La plus jeune se retourna sur le dos, toutes griffes dehors, et lui lacéra le visage de ses ongles rouges.
La vieille redressa Lara en la tirant par les cheveux, l'agrippant au cou de son bras libre par derrière. Lara serra les dents et poussa en arrière en reculant. Elle s'emmêla les pieds, se redressa, et poussa de tout son poids pour faire reculer son assaillante greffée au dos. Elle grogna de rage, poussa encore en donnant des coups de coude au hasard tandis qu'à quelques pas devant elle, doucement, la plus jeune commençait péniblement à relever son corps douloureux. À présent, elle marchait vers elle. Et à elles deux, elles allaient la faire à nouveau basculer de là où elle était revenue.
Pas cette fois.
Lara projeta son corps contre le mur, écrasant la domestique qui s'accrochait à elle. L'autre s'avançait vers elle en titubant, l'air déterminé à se venger d'avoir été décoiffée. Lara

avança, prit son élan, et projeta à nouveau la femme contre le mur. Elle n'avait plus de temps à perdre. Elle se retourna précipitamment, envoyant un violent coup de coude sur le cou de son assaillante qui s'étrangla.

Encore un effort.

La vieille femme suffoquait. Lara abattit ses deux mains autour de son cou et la projeta de tout son poids contre le rebord de la cavité. Elle la poussa à deux mains. La femme battit l'air avec ses bras, perdit l'équilibre. Lara se baissa et hissa sa cheville pour achever de la faire vaciller. Et l'employée tomba de l'autre côté de la cavité.

Sa collègue, enragée, se jeta à nouveau sur Lara. Il y eut un bruit de plongeon. Lara avait les poignets solidement étreints par la femme qui la poussait vers la fenêtre, elle tenta de vains coups de pied mais chaque fois qu'elle levait un genou, elle perdait l'équilibre. C'était clair, elle allait bientôt revenir à l'expéditeur. Elle allait rejoindre la vieille femme de chambre qui beuglait à l'aide en pataugeant dans le bassin.

Soudain les fondations de la tour tremblèrent. Dans la secousse, l'étreinte se desserra brièvement sur les avant-bras de Lara. En bas, la bouche fermée du monstre aveugle émergea. Il y eut un bruit démesuré de museau, comme on aurait entendu un chien flairer au cinéma. L'écho se propagea dans les entrailles de la tour. Puis la tête globuleuse ouvrit sa gueule en s'enfonçant sous l'eau, attendant sa proie. Un puissant tourbillon fit vibrer le bassin autour d'elle. Et le monstre aspira la vieille femme hurlante.

Lara profita de la stupeur de l'employée encore vivante. Elle enfonça les dents sur sa jugulaire. Sa victime poussa un cri d'horreur et se démena pour se libérer. Mais Lara restait accrochée par ses incisives comme un chien enragé. Du sang brûlant lui gicla dans les yeux. Aveuglée, elle rouvrit sa mâchoire douloureuse. L'employée ensanglantée haletait, stupéfaite. Avec ce qui ressemblait à toute la haine du monde, vociférant dans sa langue une portée de mots rauques dont le contenu était sans doute peu courtois, elle se rua sur Lara. Cette dernière s'accroupit aussitôt, faisant craquer les articulations de ses genoux.

Et la femme se précipita malgré elle au-dessus du vide.

Elle n'eut pas le temps de rencontrer l'eau. La bête avait déjà flairé le sang et l'avait attendue la gueule ouverte. Elle rabattit sa mâchoire sur sa victime. La tête de l'employée gicla, rebondit sur la peau gluante de l'animal, oscilla un instant avant de tomber dans l'eau. La bête déglutit bruyamment, renifla pour retrouver la tête sans vie qui flottait à côté du mur. Elle l'aspira. Lara entendit un son d'os broyés étouffé.

Et dans un giclement de tonnes d'eau poisseuse, le monstre replongea dans les abysses de la tour.

***

Lara suffoquait de peur, de soulagement et d'épuisement. Elle quitta le puits des yeux et fit demi-tour. Il fallait qu'elle parte immédiatement. Tout ce boucan avait dû se propager dans le reste de l'édifice.

Désolée les gars, c'est pourtant pas mon genre mais je vais partir sans payer la note.

Elle fit face à la fille d'Henri. La femme, figée de stupéfaction dans son tailleur du soir, devait avoir assisté à l'intégralité du massacre. Lorsque ses yeux croisèrent ceux de Lara, celle-ci décida que non, elle ne reculerait pas, qu'elle ne lui laisserait le temps de rien.

La fille de son hôte plaqua rapidement la main vers une poche de sa veste. Lara se rua sur le chandelier, en décima les bougies allumées d'un coup de bras et s'empara de l'objet par le pied. La fille d'Henri la visait avec un revolver.

« Tu ne m'auras pas, connasse ! » annonça Lara d'une voix qui ne ressemblait plus en rien à la sienne. Une voix déformée de fureur. Une première balle partit et passa en sifflant à quelques millimètres de son oreille, une autre vint lui frôler la hanche. Et Lara se précipita sur la tireuse, chandelier en avant. Elle lui empala le visage sur les pics du candélabre.

La femme tomba à genoux. De la cervelle saillait de son crâne ouvert. Un drôle de bruit sortit du fond de sa gorge, un genre de hoquet estomaqué, refusant de croire ce qui venait de lui arriver. Elle porta d'un geste incrédule les mains à son front troué. Lara retourna le chandelier et, avec le lourd pied d'argent, acheva, d'un coup très lourd, de lui fendre le crâne.

***

Elle n'avait pas le temps de songer à ce qu'elle venait de faire. Elle était simplement hébétée de constater que la tête en bouillie qu'elle avait devant elle était son « œuvre ».

Fallait y songer à deux fois avant d'essayer de m'assassiner. Elle se baissa et s'empara du pistolet qu'elle écarta sur le côté. *J'ai des trucs à faire moi, j'ai vraiment pas que ça à foutre de mourir.* Elle déshabilla le cadavre de sa meurtrière ratée, arracha d'un coup sec les coutures de sa robe mouillée pour s'en débarrasser.

Vite, vite !

Elle enfila le pantalon sec, le chemiser à peine taché de sang et la veste de tailleur. Elle dépouilla sa victime de ses chaussettes et enfila ses mocassins trop grands. Elle s'en débarrassa d'un coup de pied.

Ils vont me ralentir. Et ils sont très moches.

Elle réfléchit, ramassa le revolver d'une main, et se décida à emmener les chaussures trop grandes de l'autre. Elle en aurait besoin une fois dehors.

***

Elle avança à l'aveugle, caressant les murs, le cœur battant. Traversant un dédale de couloirs obscurs, d'escaliers aveugles. Elle commença à pleurer et à frissonner. Elle fit une pause pour vomir contre un mur.

Elle releva la tête, s'essuya le visage dans le coude de la veste rigide qu'elle avait volée. Elle sentit un courant d'air glacial.

Sous ses pieds s'étalait une lumière bleutée, diffuse et violente, accompagnée d'un froid agressif.

Si je ne délire pas complètement ce doit être une porte.

Elle parcourut la paroi du plat de la main. Du bois. Et un verrou.

Elle fut saisie d'une irrésistible joie, entremêlée de secousses de doute. Elle se baissa pour poser les chaussures sur le sol et glissa ses pieds à l'intérieur.

Elle ouvrit la porte.

***

Une brise glacée charriait des flocons envahissant une cour déserte. Lara sortit furtivement. Elle fut accueillie par un froid si mordant qu'elle aurait presque hésité à retourner mourir à l'intérieur.

C'était la première fois depuis des semaines qu'elle se retrouvait dehors.

Elle longea l'édifice dos au mur, écrasant l'herbe givrée sous ses chaussures.

Tu n'as pas froid, tu n'as pas froid. Tu es à Miami, tu vas droit à la plage. Tu vas te jeter dans la mer parce que tu n'en peux plus de cette chaleur.

Cette méthode d'auto-persuasion marchait à tous les coups. Elle l'avait appliquée maintes fois en sortant en tenue trop légère les soirs d'hiver. Si le contexte était différent, si elle n'était pas tout à fait en train de sortir d'une voiture de luxe sous le froid mordant de Paris ou de Manhattan, elle cessa tout de même de frissonner. Les parois de l'édifice lui semblaient infinies sur le sol abrupt et inégal. Il lui fallut plusieurs minutes de pas hasardeux pour déboucher à un angle. De l'autre côté se trouvait la cour principale du château. Et une quinzaine de voitures qui dormaient sous une fine pellicule de neige.

Lara se courba en deux et s'immisça entre les véhicules éteints. Elle en repéra un éclairé de l'intérieur. Elle pouvait même entendre le son étouffé d'un autoradio. Elle avança à couvert. Il y avait un homme grand et massif derrière le volant. Il mangeait des chips en écoutant une émission qui avait manifestement l'air hilarante. Un chauffeur qui attendait probablement ses patrons venus assister à cette réception sordide en fracassant l'habitacle de son rire tonitruant.

Elle se faufila à quatre pattes jusqu'à la portière passager. Elle s'accroupit douloureusement, prête à bondir.

Maintenant !

Lara ouvrit la portière et braqua son arme sur le chauffeur. L'homme devint livide, il lâcha son paquet de chips. Lara se glissa sur le siège passager sans le quitter des yeux et approcha le canon de sa tempe tout en refermant la portière.

« Drive », ordonna-t-elle d'une voix calme.

***

« ... j'ai fini par libérer le chauffeur à la sortie d'une petite ville et lorsque j'ai été à court d'essence, j'ai dû abandonner la voiture volée sur une aire d'autoroute, je suis restée cachée des heures sur un parking de poids lourds. J'ai fini par repérer un camion de marchandises français. J'ai grimpé sur le toit, sans savoir où il irait. J'ai eu beaucoup de chance, il allait effectivement en France, mais je n'en savais rien au cours du voyage. Mais en traversant l'Autriche, j'ai fait un malaise. J'étais à bout de force et sentais que je pouvais perdre mon bébé si ce n'était pas déjà le cas. Je ne savais pas dans quel pays j'étais, ni à qui j'allais avoir affaire en premier mais j'ai dû prendre le risque de me montrer. Alors j'ai profité d'un arrêt en station essence et de mes dernières forces pour courir au local et demander à ce qu'on appelle la police locale. Ils sont arrivés rapidement et m'ont transférée à l'hôpital. J'étais en état de dénutrition et d'hypothermie et je ne tenais plus debout. J'ai été prise en charge à partir d'ici.
- Quelle histoire, Barbie ! » s'exclama la journaliste, engluée dans une empathie qui paraissait sincère.

Lara afficha un sourire qu'elle voulait assuré. Damien, assis à côté d'elle sur le canapé de velours, entoura ses épaules d'un bras affectueux. Au même moment, Igor, le chien adopté par Lara trois jours auparavant, lui sauta sur les genoux.

L'animatrice se tourna vers la caméra.
« Voici donc le dénouement d'une disparition qui aura passionné le pays pendant près de trois mois et qui, heureusement, se termine bien. Il est même question d'un heureux évènement auquel s'en ajouterait un autre. Lara ?
- Oui, Damien et moi allons nous marier.
- Félicitations. Et encore bravo pour votre courage lors de cette terrifiante aventure. »

Terrifiante aventure partielle. Car pour la version aux journalistes l'histoire avait été rabotée. Elle allait de son réveil en cellule à une évasion mensongère. Pour les médias, elle avait réussi à tromper la vigilance des geôliers et à voler une voiture pour en braquer une autre avec un conducteur à l'intérieur. Ensuite, elle retombait dans le réel avec son voyage à dos de camion de marchandises. Pour les interviews, il y avait une ellipse sur l'épisode du château. La version nationale officielle était un kidnapping contre rançon qui avait mal tourné et dont elle était parvenue à s'échapper.

Pour la police, pour ses parents et pour Damien, il y avait une version complète. À un détail près. Elle avait choisi de remplacer le monstre de la tour par un aquarium d'alligators. Parce que la chose était tellement peu crédible qu'elle parvenait parfois, se réveillant en sursaut au milieu de la nuit, à douter de sa réalité. Elle savait, pourtant. Elle avait vu, senti, elle avait été avalée, happée dans ses entrailles. Mais elle savait que personne ne la croirait, qu'on remettrait en cause son récit ou pire, sa santé mentale. Elle ne pouvait pas se le permettre. Elle voulait avancer, maintenant.

Avec un morceau de pied en moins, mais avancer quand même.

-FIN-

NOTES

MADE IN HELL

Depuis la sortie de *Train Fantôme*, je souhaitais écrire une nouvelle de quelques pages, mettant en scène des adolescentes qui finissaient dévorées par leurs vêtements après une virée shopping. Mais à mesure que j'y réfléchissais, de nombreuses influences sont venues nourrir l'idée de base. Elles vont des récits de soirées de ma baby-sitter dans la campagne des années 90 au vieux reportage culte sur le même thème, *Un samedi soir en province*. Elles passent aussi par *Virgin Suicides* de Sofia Coppola, *Une nuit en enfer* de Robert Rodriguez et *Bazar* de Stephen King. En mettant cette histoire au mixer avec tous ces ingrédients, *Made in Hell* a vu le jour.

LES ITINÉRANTS

Je n'ai aucune idée de comment j'ai imaginé cette histoire. Juste un flash en passant devant une aire d'autoroute où il y avait un parc pour enfants. Pour cette nouvelle, je suis partie du néant, sans m'inspirer de quoi que ce soit. Elle s'est un peu écrite toute seule.

SACRIFICES

Sacrifices est née d'une simple question, certes un peu tordue : de quelle manière un kidnapping contre rançon pourrait mal tourner ? Je me suis imaginé que si son commanditaire mourait accidentellement sans que personne d'autre ne soit au courant des informations exactes de son projet, la situation devenait encore plus critique. Et pour achever le supplice de la pauvre victime, quoi de mieux que de poursuivre cette histoire avec un grand n'importe quoi façon série B. Tout ça en gardant le cliché de la victime blonde à collier de perles, doublure française de Paris Hilton.

REMERCIEMENTS

Merci à ma famille qui m'encourage et me supporte chaque jour. Je ne sais pas toujours comment elle fait. Ça s'appelle tout simplement de l'amour, me semble-t-il, et c'est bien plus que réciproque.

Merci à Jérémy qui a suivi la moindre étape de la rédaction de ce recueil et aux encouragements permanents de sa formidable famille.

Merci à mes amis pour leur bienveillance, leur affection, leur fidélité à toute épreuve.

Merci à Antoine qui a corrigé ce livre.

Enfin, merci à tous mes lecteurs, les anciens qui ont commencé par lire mes premiers romans, ceux qui ont pris le train en cours de route jusqu'à ce cinquième livre, et les nouveaux qui, je l'espère, auront apprécié ce mauvais moment.

Sincèrement,

Charline Quarré

DU MÊME AUTEUR

ROMANS

A Contre-Jour, 2011
Pas ce Soir, 2012 (Nommé au Prix Littéraire François Sagan 2013)

RECUEILS DE NOUVELLES D'EPOUVANTE

Train Fantôme, 2015
Ecarlates, 2016
Made In Hell, 2017
Série B, 2018

ROMANS D'EPOUVANTE

Fille à Papa, 2019
Influx, 2020
Soap, 2021

Site web de l'auteur : www.charlinequarre.com